Question
&
Answer

고바야시 히로키 소설
김은모 옮김

프롤로그

형사 K는 해가 기울어 하늘이 어스레해질 무렵, 시가지 외곽의 폐허로 변한 연립주택에 도착했다. 낡고 오래된 건물의 골조는 검게 녹슬었고 벽에는 온통 덩굴이 뒤엉켜 있었다. 계단에 다가가려면 주변에 길고 무성하게 자란 풀을 밟아 젖히며 나아가야 한다.

이번 현장에서는 유령이라도 나올 것 같다고 K는 멍하니 생각했다. 그가 현장에 도착했을 때 연립주택 주변은 이미 노란색 테이프로 봉쇄된 뒤였다. 하기야 그렇게 하지 않아도 시내에 사는 사람들은 이런 외진 곳까지 오지 않는다.

경찰차가 빨간색 경광등을 회전시키며 여기저기 무리를 이루어 철로 된 몸체를 쉬고 있었다. K가 연립주택으로 다가가자 누군가가 엄격한 목소리로 제지했다.

"거기 멈추십시오."

"예."

얌전하게 지시에 따르자 K를 제지한 사람이 달려왔다. 제복 차림의 체격 좋은 경찰관이었다. 그는 K의 앞을 막아섰다.

"저는 현장 주변 경계 임무를 맡은 I 파출소의 J 순경입니다. 죄송합니다만 경찰수첩을 제시해주시기 바랍니다."

"네네."

K는 코트 가슴 주머니에서 꺼낸 경찰수첩을 펼쳐 J 순경에게 보여주었다. J 순경은 수첩과 얼굴 사진을 잘 확인한 후 경례하고 그를 통과시켜주었다.

"실례했습니다, K 경감님. 이쪽입니다."

"아니야, 아니야. 근무하느라 고생이 많네. 나야말로 실례할게."

K는 '출입 금지'라고 적힌 노란색 테이프를 넘어

당장이라도 쑥 빠져버릴까 봐 겁날 만큼 벌겋게 녹슨 계단을 올랐다. 발을 내디딜 때마다 삐걱대는 소리가 났다. 계단을 신중하게 올라가자 전면에 비닐시트를 깐 복도가 나왔다. 복도 저편에서 청색 제복 차림의 남자가 모자를 벗고 인사하는 모습이 K의 눈에 들어왔다.

"수고 많으십니다. K 경감님."

"이야, G잖아, 고생이 많아."

"현장검증은 끝났습니다."

"그럼 잠깐 좀 볼까."

"이쪽입니다. 제일 안쪽 집이에요."

G라고 불린 감식과 남자가 K를 안내했다. 두 사람은 활짝 열린 문을 통해 실내로 들어갔다.

"좁군. 밖에서 보고 예상했던 그대로야."

"예, 기재를 다 들여놓을 수가 없어서 감식하느라 애먹었습니다."

"내가 대학생 때 살았던 기숙사도 딱 이런 식이었어. 다다미 넉 장 반*짜리 좁은 방 한 칸에 작은 벽장

✦ 약 2.25평.

과 부엌. 화장실은 공용이고, 욕실이 없어서 공중목
욕탕에 다녔지. 밤에는 이불 속으로 기어들어 몸을
웅크리고 잤고. 나름 충실하게 보냈지만 괴로운 일
들도 헤아릴 수 없이 많았던 나날이었어…….”

K는 아주 흥미롭다는 눈으로 좁은 실내를 빙 둘
러보았다.

“뭐, 내 추억과 한 군데 다른 점이 있다면 내 방은
결코 이렇게 전위적인 무늬로 꾸며져 있지 않았다는
것 정도랄까.”

이제는 다 말랐지만 피가 튀어 군데군데 검붉게
물든 바닥과 벽을 가리키며 K는 웃었다. G는 난감
한 표정으로 대답했다.

“죄송합니다, 경감님. 안 웃기는데요.”

“그런가.”

K는 딱히 개의치 않는 기색으로 발치에 눈길을
주었다. 방 한가운데에 흰 천을 덮은 시체가 누워 있
었다. 실내의 핏자국은 시체를 중심으로 둥글게 퍼
져 있었다.

“시신을 살펴봐도 될까?”

“그러시죠.”

"그럼 실례할게."

K는 천천히 흰 천을 걷었다. 아래서 남자의 시신이 드러났다. 가슴 한복판에 커다랗게 구멍이 뚫려 있었다.

"물을 필요도 없겠지만 사인은 이거지?"

"과다 출혈입니다. 날붙이로 심장을 한 번 푹 찔렀어요."

"사망한 지 얼마나 지났지?"

"약 28시간입니다."

"그나저나 이렇게 외지고 폐허 같은 곳에서 잘도 발견했네."

"이 지역에서 구걸을 하고 다니는 고령의 남성 노숙자가 이 연립주택 부근을 지나가다가 피 냄새를 맡고 경찰로 달려왔습니다."

"이야, 할아버지께서 공을 세우셨네."

감탄한 듯 중얼거리면서도 K는 시신에서 눈을 떼지 않았다.

"정말 기묘하군. 피해자는 발견 당시 이 상태였나?"

"시신은 일절 옮기지 않았습니다. 현장을 그대로

보존했어요."

"그럼 더 기묘한데. 피해자의 옷이 전혀 흐트러지지 않았어. 즉, 범행을 저지른 자와 몸싸움을 벌인 흔적이 눈곱만큼도 눈에 띄지 않아."

"예, 맞는 말씀입니다."

K는 눈썹을 찡그리고 말했다.

"자네라면 심장에 칼이 들어오는데 아무 저항도 않고 가만히 있겠어?"

G는 자신 있는 말투로 명확하게 부정했다.

"아니요, 절대로 가만히 안 있죠."

"나도 죽을힘을 다해 저항할 거야. 저항해야 마땅하지. 보통은 누구든지 그래."

"찔린 부위는 앞쪽입니다. 뒤에서 기습해서 찌른 게 아니에요. 피해자는 흉기를 든 범인과 얼굴을 마주했던 셈입니다. 하지만 피해자는 땀 한 방울 흘리지 않았어요. 죽기 직전까지 어떤 동요도 보이지 않았습니다."

"범인과 단순한 지인 이상의 관계라 칼을 들이댔을 때도 진짜로 죽일 것이라고는 생각지 않았다, 그건가?"

G는 머뭇거리다가 미안하다는 듯이 대답했다.

"……죄송합니다, 경감님. 애당초 도대체 어떻게 하면 지인과 그런 상황에 처할지 제 빈약한 상상력으로는 판단이 서지 않네요."

"당연히 그렇겠지. 나도 번쩍 떠오른 생각을 말해 봤을 뿐이야. 너무 진지하게 받아들일 것 없어. 실제로 어땠을지는 통 모르겠군. 참, 흉기는 발견됐나?"

"범인이 범행 후에 가지고 간 모양입니다."

K는 크게 한숨을 내쉬었다.

"하지만 솔직히 말하자면 개인적으로는 흉기나 범행 동기보다 피해자의 얼굴이 더 마음에 걸려."

"얼굴요?"

"자랑할 일은 전혀 아니지만, 오랜 세월 수사를 해오면서 시신을 수없이 많이 봤어. 보통 피해자의 얼굴에는 많든 적든 죽을 때 느낀 공포가 스틸 사진처럼 남는 법이야. 하지만 이 사람은 어떻지? 이렇게 잔혹한 결말을 맞았는데 표정에서는 행복감마저 느껴지잖아. 도대체 어째서 이 사람은 이렇게 평온한 얼굴로 죽음을 맞았을까?"

K는 스스로에게 묻듯이 말했다. G도 고개를 갸웃

거렸다.

"저도 도무지 이해가 안 됩니다. 심장은 분명 급소지만 권총같이 순간적으로 위력을 발휘하는 흉기라도 사용하지 않는 한, 가슴을 꿰뚫리고 나서 숨을 거둘 때까지 어느 정도 시간이 걸려요. 출혈량만 보더라도 피해자는 목숨이 다하는 순간까지 지옥의 업화에라도 불타는 듯 엄청난 고통을 맛보았을 텐데……."

K는 그 모습을 상상하고 인상을 찌푸렸다.

"역시 자네가 보기에도 이상하다 그거군."

"솔직히 현장에 처음 발을 들여놓았을 때 느낀 강렬한 위화감이 지금도 지워지지 않습니다. 이 현장은 뭔가 이상해요. 아직 직감에 지나지 않습니다만, 이건 일반적인 살인 사건이 아닙니다."

"그렇단 말이지, 의견 고마워. 그럼 범인에 관한 견해는 어때? 지문은?"

"범인의 것으로 추정되는 지문이 여기저기 잔뜩 남아 있습니다. 반면 피해자의 지문은 거의 없고요. 아무래도 이곳은 범인의 거주지였던 것 같습니다."

"그렇다면 피해자가 방문자였다는 건가."

K는 바닥에 누운 남자를 가리키며 말했다.

"예, 피해자는 신분을 증명할 물건을 하나도 소지하고 있지 않았습니다. 현재 신원을 조사하는 중입니다."

"범행이 발생한 지 하루 남짓이니, 범인이 그렇게 멀리까지는 못 갔을 거야. 피해자의 신원이 밝혀지면 주변 사람들과의 관계를 통해 범인이 누군지 대강 짐작할 수 있겠지. 그럼 우리의 개인적인 의문을 제외하면 검토해야 할 사항은 이 정도인가?"

"……아니요. 경감님이 봐주셨으면 하는 게 하나 더 있습니다. 경감님, 유학 다녀오셨죠?"

"소싯적에."

"이걸 읽어봐주셨으면 합니다."

G는 방을 나가서 뭔가를 가지고 K에게 돌아왔다. 표지가 피로 물든 노트 한 권이었다.

"그게 뭔데?"

"피해자 옆에 방치되어 있었습니다. 여기에는 범인과 피해자 양쪽의 지문이 덕지덕지 찍혀 있었어요."

"양쪽의 지문이 다?"

"네. 자, 받으시죠."

K는 장갑을 끼고서 노트를 받아 들었다.

"펼쳐보시겠습니까?"

K는 노트를 펄럭펄럭 넘겨보고 납득이 간다는 듯 말했다.

"과연. 이래서는 못 읽을 만도 하군."

"처음부터 끝까지 훑어봤는데, 전부 외국어더군 요. 기껏해야 사전을 뒤적이며 띄엄띄엄 몇 문장 해 석하는 게 고작이었습니다. 하지만 짐작건대 아무래 도 이건……."

G는 피에 물든 노트 책등을 바라보았다.

"아마도 피해자가 쓴 소설이 아닐까 싶습니다."

"소설?"

"예. 사건의 중요한 증거품이라는 느낌이 들어요. 경감님의 힘을 빌려서 무슨 내용인지 꼭 자세하게 알고 싶습니다."

G가 그렇게 말했을 때 밖에 있던 감식원이 방으 로 들어왔다.

"이야기 나누시는 중에 죄송합니다. 전부 다 끝냈 습니다."

"그래? 고생 많았어. 그럼 이만 철수하지. 들어와서 정리해."

"알겠습니다."

감식원은 인사하고 방에서 나갔다.

"여기서 저희가 할 일은 끝났습니다. 이제 서로 돌아갈 건데요. 경감님은 어떻게 하시겠습니까?"

"나도 가야지. 아니, 갈 수밖에 없겠군. 이 노트를 읽으려면 말이야. 자네가 없으면 내가 감식과의 증거품을 멋대로 반출한 셈이 될 테니까."

그 대답에 G는 미소를 지었다.

"K 경감님, 노트를 읽어보겠다는 말씀이시군요."

"뭐가 적혀 있을지 나도 궁금해."

"그럼 서까지 차로 모셔다 드리겠습니다."

"부탁할게."

두 사람은 좁은 방을 나섰다. 다른 감식원들이 들것을 가지고 방에 들어갔다.

"뒷일은 맡길게."

G는 부하들에게 말했다.

"예, 먼저 들어가십시오."

부하들은 좁은 실내에서 몸을 웅크리고 서로 아웅

다웅하며 시신을 옮기려고 애썼다.

"이봐, 거기 제대로 들어."

"예, 죄송합니다."

K와 G는 녹슨 계단을 내려왔다. 뒤이어 G의 부하들이 신중하게 시신을 옮겨 수송차 짐칸에 실었다. 시신 안치소를 향해 달려가는 수송차가 시야에서 사라지자 두 사람은 차에 올라탔다.

"노트를 읽어도 될까?"

"예, 잘 부탁드립니다."

이제부터 무슨 이야기가 펼쳐질까. 두 사람 사이에 살짝 긴장감이 흘렀다. 차가 속도를 높여 달리기 시작했다. K는 노트를 펼치고 페이지를 넘겼다. 첫 페이지에는 겹낫표로 묶인 단어가 딱 한 줄 적혀 있었다.

"이게 이 노트의 제목인가."

"그건 저도 읽을 수 있겠더군요."

G가 쓴웃음을 지었다. K가 소리 내어 노트를 읽었다.

"제목, 『Q&A』."

이야기가 시작됐다.

『Q&A』

1

Q. 세상은 무엇으로 구성되어 있는가?

A. ?

—그의 일기에서 발췌.

12월 25일

오늘은 주님의 성탄제였다. 그리고 편의상 성당에서 정한 우리 생일이기도 했다. 축하 선물로 신부님이 질 좋은 노트를 주셨다. 일기든 그림이든 단어 공부든, 뭐든지 하고 싶은 데 사용해도 된다고 하셨다. 그래서 이 제부터 여기에 나 자신에 대해 써보고자 한다.

12월 26일

현재 나는 이 글을 성당 한구석에 자리한 고아원의
좁다란 생활관에서 쓰고 있다. 겨울이면 벽 군데군데서
웃풍이 들어서 아주 춥다. 이불을 덮어써도 소용없다.
이불도 너덜너덜하고 구멍이 났기 때문이다. 몇 번이고
꿰매어서 사용하지만, 구멍을 막아도 얼마 지나지 않아
다른 곳에 구멍이 난다. 결국 밤에는 벌벌 떨면서 자야
한다. 우리는 모두 머리를 빡빡 밀었다. 이가 생기면 안
되기 때문이다. 벼 이삭처럼 자란 내 금발도 한 올도 남
김없이 싹 깎았다. 이곳의 위생 환경은 그 정도로 좋지
않다.

벽에 회반죽을 다시 바르고 새 이불을 마련할 만한
예산이 성당에는 없다. 성당 지붕이 심각하게 노후하
고, 장식이 보기 흉하게 벗겨지는데도 방치하는 판국이
다. 신부님은 늘 한숨을 쉬며 한탄한다.

요즘은 어딜 가나 다 불황이다. 성당은 하루하루 살
기가 힘들어 신에게 기도하는 어린양들로 넘쳐난다. 그
중에 헌금을 내고 갈 만큼 생활에 여유가 있는 사람은
없다. 나는 성당을 청소할 때 제단 중심에는 절대 서지
않도록 조심한다. 천장에 달린 주님의 십자가가 언제

지붕과 함께 제단 위로 떨어져도 이상할 것 없기 때문이다. 희망의 빛으로 가득할 주님 앞에 설 때마다 나는 공포에 떨어야 한다.

12월 27일

현재 고아원에는 아이가 열 명 있다. 나는 그중에서 아홉 번째로 키가 크고, 또는 두 번째로 키가 작다. 오늘은 너무 추워서 얼어 죽지 않기 위해 회의를 열어 서로 의견을 내놓으며 대책을 세웠다. 결론은 이렇다. 앞으로 매일 밤 양 사육장에서 짚을 몰래 빼낸다. 가져온 짚으로 벽의 구멍을 메워서 웃풍을 막는다. 남은 짚은 전부 침대에 깐다. 그리고 좁은 생활관에서 몸을 다닥다닥 붙이고 잔다. 그러면 약간이나마 따뜻하다.

우리는 모두 부모에게 버림받았다. 다들 알다시피 어린 나이에 가족을 여읜 아이는 여기 오지 않는다. 그런 아이는 정부의 극진한 보호 아래, 좀 더 환경이 좋은 다른 시설로 보내진다. 양쪽에 무슨 차이가 있다는 걸까. 부모를 잃은 아이의 슬픔에 차이는 없다. 그걸 구분하려고 하는 것을 무엇이라 부를까? 답은 법률이다.

이 나라의 법률상 부모를 여읜 아이와 부모에게 버

림받은 아이는 하늘과 땅만큼 차이가 난다. 고아를 위한 법이 아직 제대로 정비되지 않아 우리처럼 보호자가 살아 있을 가능성이 있다면 지원 제도는 적용되지 않는다. 아무 보조도 못 받는다. 여기는 부모에게도, 국가의 지원 제도에도 버림받은 아이를 위한 곳이다.

하지만 우리는 신의 집에서조차 진정한 의미의 환영은 받지 못한다는 것을 안다. 우리만 양육하지 않으면 성당의 녹슨 지붕을 수리할 비용을 마련할 수 있기 때문이다. 신부님을 한숨짓게 하는 원인은 우리다. 우리는 수도원의 짐이다.

성당은 심각한 상황에 처해 있다. 이런 불황에도 성당에 헌금을 낼 여유가 있는 부자의 마음을 사로잡으려면 신의 가호가 넘쳐 보이도록 아름다운 장식을 갖출 필요가 있다. 그들은 변변치 못한 수도원에 돈을 내놓지 않는다. 그러므로 수도원을 운영하려면 그들의 돈이 필요한데, 그 돈을 얻기 위해서는 사비를 털어 시설을 보수해야 한다는 딜레마에 빠진다. 신은 은총의 비를 내려주신다. 하지만 그 은총은 우리가 살아가는 곳을 조금씩 부식시킨다.

12월 28일

고아인데도 국가의 지원을 받지 못하고 성당 신세를 진다는 말인즉슨 필연적으로 부모가 지금도 어딘가에 살아 있다는 뜻이다. 어제 여기 적은 대로다. 그건 우리에게 절망이자 희망이기도 하다. 절망은 한 번 버려졌다는 사실. 그리고 희망은 가능성. 살아 있다면 다시 만날 수 있다, 언젠가 데리러 올지도 모른다, 그런 일말의 바람.

나는 12년 전 버려진 개처럼 나무 상자에 담겨 성당 정문 앞에 방치됐다. 작은 포대기에 싸인 채 엄마를 찾아 큰 소리로 울고 있다가 수녀님에게 발견됐다. 그날부터 오늘에 이르기까지 계속 여기 살고 있다. 다른 아홉 명도 사정이 비슷하므로 두말하면 입 아프다. 아무튼 우리는 버려졌다. 이유가 무엇이든 이 사실은 절대로 변하지 않는다.

하지만 버려진 밤에 날 감쌌던 그 작은 포대기를 아직도 가지고 있다. 이제는 지저분한 넝마에 지나지 않지만 얼굴에 살짝 갖다 대면 보들보들하니 엄마 냄새가 나는 것 같다. 다른 아이들도 나처럼 추억의 물건을 남몰래 가지고 있다. 버릴 수는 없다. 왜냐하면 이건 우

리에게 남겨진 미래에 희망을 안겨주는 유일한 특권의
상징이기 때문이다.

12월 29일

우리에게도 부모가 붙여준 진짜 이름이 있을 테지
만, 고아원의 일원이 된 순간 박탈당했다. 대신에 가톨
릭에서 인정한 성인의 이름이 카드처럼 주어진다. 성당
수사님들은 우리를 그 이름으로 부른다.

조지, 루이, 이사야, 시몬 등등⋯⋯.

하지만 우리는 그 이름을 거부한다. 왜냐하면 막연
한 희망을 품고 있으므로. 엄마 아빠가 데리러 와서 진
짜 이름으로 부르며 안아줄 날을 꿈꾸고 있으므로.

성당에서 붙여준 이름에 애착이 생기면 진짜 이름을
잊어버릴 위험이 있다. 성당에서 붙여준 이름을 인정하
는 것은 현실을 직시한다는 뜻, 다시 말해 버림받았음
을 인정하고 자신이 아무에게도 필요하지 않은, 고독하
고 애처로운 존재임을 받아들인다는 뜻이다. 우리는 그
렇게 생각한다. 그런 생각에 사로잡혔다. 그렇게 되면
희망을 잃는다. 무엇에 의지해, 무엇에 매달려 살아가
야 할지 막막해진다. 그건 내일의 소멸을 의미한다. 그

러므로 아이들에게 이름은 가장 중요한 문제다.

아이들은 성당에서 붙여준 이름 대신, 최대한 무미 건조한 기호 같은 것으로 서로를 부르는 편이 낫겠다 고 판단했다. 상의한 결과 키 순서대로 번호를 매기는 게 좋지 않겠느냐는 의견이 채택됐다. 요전에도 적은 것 같은데 나는 키가 작아서 뒤에서 두 번째다. 앞에서 헤아리면 아홉 번째이므로 내게는 '9'라는 번호가 주어 졌다.

오늘 우리보다 나이가 많은 고아원 출신 수련 수사 님을 보았다. 그는 성당 청소와 사무 업무를 돕는다. 그 는 성인과 같은 이름으로 불리는 걸 거부하지 않는다. 그는 언제나 성실하고 명랑하다. 평범하게 자란 사람 보다 오히려 더 남에게 사랑받게끔 행동한다. 하지만 우리는 안다. 그가 아무리 즐거운 듯 웃어도 눈 속 깊 은 곳에는 움푹 팬 구멍 같은 허무함이 자리 잡고 있다 는 것을. 따스한 가족을 가진 사람들은 결코 꿰뚫어 볼 수 없는 허무함이 우리에게는 보인다. 그는 진심으로 웃지 않는다.

자신이 가치가 없어 버림받은 존재임을 인정했을 때, 뭔가가 망가지고 우리 눈 속에 허무가 자리 잡는다.

아이들은 모두 그러한 예감을 느끼고 있다. 그리고 그렇게 될까 봐 두려워한다. 그의 눈 속을 들여다보며 성인의 이름을 인정하면 어떻게 되는지 절감한다.

우리는 그렇듯 눈 속에 허무의 구멍이 있는 사람을 '천국행'이라고 부른다. 천국행을 보면 우리는 말로는 다 설명하기 힘든 불안감에 시달린다. 그럴 때 우리는 소중한 추억의 물건을 꺼내 품에 안고 기도하듯 중얼거린다.

"괜찮아, 괜찮아, 머지않아 분명 엄마 아빠가 데리러 올 거야. 우리는 혼자가 아니야. 우리가 다다를 곳은 결코 그쪽이 아니야……."

그렇게 몇 번이고, 몇 번이고, 몇 번이고 마음이 가라앉을 때까지 스스로를 타이른다.

성당은 분명 어린 우리의 목숨을 구해주었다. 하지만 마음까지 지켜주지는 않는다. 삶을 주는 대가로 우리의 진짜 이름과 이름 붙일 수 없는 것, 사람이 살아가는 데 정말로 소중한 뭔가를 가져갔다. 그러므로 성당의 고아들은 신이라는 존재가 실로 자애로운 동시에 참으로 잔혹하다는 사실을 제일 먼저 배운다.

12월 30일

우리는 오늘 수도원 일을 도왔다. 이른바 봉사 활동이다. 수도원 주변의 가로수에서 우수수 떨어져 길가에 카펫처럼 깔린 낙엽을 우리가 긁어모으면, 수사님들이 불을 붙여서 태운다. 처음에는 낙엽을 주울 때마다 곱은 손이 찌르는 듯 아팠지만, 계속 줍자 손에 열이 나고 몸에서 땀까지 흘렀다. 수도원에 피운 화톳불과 가로수 사이를 몇 번이고 왕복했다. 고된 일이었지만, 우리는 성당의 허락 없이 밖에 나갈 수 없으므로 거리 풍경을 구경하는 건 즐거웠다. 다양한 풍경이 우리를 위로했다. 뭐라 말할 수 없이 기분이 좋았다.

하지만 어떤 광경이 눈에 들어왔을 때, 우리 마음은 눈에 거슬린다는 이유로 때려잡아 발로 짓밟은 파리처럼 추하게 찌그러져 죽었다.

젊은 남자와 여자가 나란히 걸어간다. 그 사이에서 우리와 또래로 보이는 아이가 즐겁게 웃는다. 그리고 두 사람의 손을 잡고 가로수 너머로 멀어진다. 두 남녀가 손을 높이 처들자 아이의 몸이 공중에 뜬다. 아이는 몸을 흔들며 장난친다. 남녀는 그 모습을 보고 진심으로 흐뭇한 듯 미소 짓는다.

이 광경을 보았을 때 지금까지 말로만 알았던 모든 개념이 현실과 결부됐다. 나란히 걷는 남녀를 '부부'라고 한다. 두 사람 사이에서 웃는 아이까지 합쳐서 '가족'이라고 한다. 저 미소를 '행복'이라고 한다. 그리고 세상에서 버림받아 이 모든 것을 모르는 우리 같은 존재를 '고아'라고 한다……

빛이 없으면 그림자도 없다. 오늘 눈부시게 아름다운 빛을 받고서야 내가 얼마나 어둡고 차가운 곳에 있는지 깨달았다. 왜 저 아이에게는 주어지고 우리에게는 주어지지 않았을까? 해답 없는 물음이 마음속에 소용돌이쳤다. 그렇다, 이 해답 없는 물음을 '부조리'라고 한다. 오늘까지 우리는 외로울지언정 자신이 놓인 처지에 아무것도 느끼지 못했다. 하지만 그 광경을 목격한 순간, 처음으로 우리는 스스로가 '비참'하게 느껴졌다. 우리는 '불행'하다고 생각지 않을 수 없었다.

그 가족은 멀리 떨어진 커다란 집 앞에 도착해 문을 열고 들어갔다.

그들과 아무 상관도 없는데도, 문이 닫힌 순간 어째서인지 우리는 쫓겨난 듯한 기분이 들었다.

그 후, 우리는 아무 이야기도 하지 않고 묵묵히 낙엽

을 주워 수도원으로 돌아갔다. 수사님들이 "하루치 장작을 다 썼으니 오늘은 여기까지 하자꾸나. 정말 고생 많았어. 덕분에 일이 수월했단다" 하고 노고를 치하해 주었다. 우리는 들고 온 낙엽을 불 속에 던져 넣고 타오르는 마지막 장작을 조용히 바라보았다. 검은 연기가 뭉게뭉게 피어올라 푸르고 아름다운 하늘을 더럽혔다.

그 모습을 보고 있자니 가슴속에서 이루 말할 수 없는 기쁨이 넘쳐흘렀다. 이때 또 새로이 깨달았다. 이 감정을 가리켜 '증오'라고 한다는 것을. 나는 마음속으로 외쳤다. 불이여, 연기를 피워 올려라, 하늘을 더욱 더럽혀라.

하지만 내 바람과 달리 불길은 힘을 잃었고, 결국 검고 지저분한 숯만 남았다. 세상을 감싼 하늘은 찬연하게 빛나며 여전히 푸르고 아름다웠다. 하늘을 보고 있으니 불현듯 그 따스한 가족의 모습이 생각났다. 그러자 아무것도 먹지 않았는데 입 안 가득 쓴맛이 번졌다.

너무 쓰고 역겨워서 수도원 우물물로 입을 헹궜다. 하지만 쓴맛은 가시지 않았다. 어떻게 된 건가 생각하고 있자니 다른 아이들도 차례차례 우물로 다가왔다. 물어보니 그들도 나처럼 주체할 수 없는 쓴맛을 느껴

입을 헹굴 작정이었다.

우리는 쓴맛의 원인이 뭘까 고민했다. 아니, 고민할 필요도 없었다. 쓴맛은 틀림없이 그 행복한 가족을 본 후에 느꼈다. 부모에게 달라붙어 즐겁게 웃는 아이를 보았기 때문이다. 넘실거리는 불길에서 검게 피어오르는 연기가 하늘을 더럽히기를 바랐던, 그 지저분한 숯덩이 같은 '증오' 탓이다. 즉, 이건 증오의 맛이다. 그렇다면 우리는 입 안의 증오를 뱉어내야 한다. 그러려면 뭘 어떻게 해야 할까?

한 명이 말했다. 원인을 제거하면 된다고. 한 명이 말했다. 그 원인은 그 아이라고. 한 명이 말했다. 지금 내가 그 아이에게 무슨 짓을 하고 싶은지 알겠느냐고. 그런 말들을 누가 했는지는 기억이 안 난다. 가려본들 의미는 없다. 왜냐하면 그 자리에 있던 모두의 생각이 한 치의 어긋남도 없이 일치했으니까.

우리는 모닥불을 피웠던 곳으로 돌아왔다. 그리고 손이 더러워지는 것도 개의치 않고 다 타버린 숯덩이를 집어 땅에 계획표와 분담표를 그렸다. 우리는 치밀하고 신중하게 계획을 짰다. 성경 수업 때도 그러지는 않을 만큼 집중력을 발휘해 계획을 세우는 데 몰두했다.

푸른 하늘을 더럽혀 우리에게 기쁨을 준 검은 연기는 사라졌다. 그렇다면 우리 힘으로 그 광경을 다시 만들어내면 그만이다. 내 마음에는 이미 어엿한 증오의 화염이 깃들었다. 이제 낙엽을 태우듯이 불길 속에 희생양을 던져 넣기만 하면 된다.

나는 숯덩이를 내던졌다. 계획이 완성됐다. 실행만 남았다. 내 두 손을 보았다. 검댕이 묻어 새카맣게 더러워졌다.

12월 31일

오늘로써 한 해가 끝난다. 지금까지 보낸 나날이 갱신되어 새로운 한 해가 시작된다. 우리도 계획을 실행에 옮겼다. 오늘 낙엽을 줍다가 틈을 보아 수도원 창고에 숨어들어 필요한 도구를 훔쳤다. 모포와 노끈, 튼튼하고 긴 밧줄.

예전 같으면 이런 짓은 절대로 하지 않았으리라. 하지만 지금은 다르다. 나는 어제 언젠가는 누가 손을 내밀어주리라고 낙관적으로 막연히 기대하던 마음을 버렸다. 그리고 지금은 내 의지로 판단하여 행동하는 중이다. 즉, 지금 이 순간 살아 있다는 것 자체에 충실감

을 느낀다. 이런 기분은 처음이다. 이만큼 멋진 일이 또

있을까.

차는 계속 달려간다. G는 약간이지만 번역하느라

애를 먹었기 때문인지 차례차례 밝혀지는 노트의 내

용에 강한 흥미를 보였다.

"일기를 쓴 사람의 내력이 아주 특이한데요."

"그야 일반적이라고 할 수는 없겠지."

"문장에 감도는 불온함과 현장에서 느껴진 위화감

은 역시 어딘가 통하는 구석이 있는 것 같습니다."

G는 운전대를 돌렸다. 그는 운전에 집중하면서도

진지하게 생각하는 것 같았다. 그 모습을 보고 K는

웃음을 지었다.

"바로 그거야, G. 든든하군. 평소처럼 날카로운 감

성으로 추리해줘. 나는 계속 읽어나갈 테니까."

"그들의 계획은 뭘까요? 아이가 자신의 의지로 판

단해서 행동하는 건 좋은 징조인데, 문장에서는 아

무래도 찜찜한 예감이 드는군요."

"여느 때와 달리 과하게 몰입한 것 같은데, 늘 냉

정한 자네답지 않아."

"제가 느끼기에는 평소와 다를 바 없습니다만. 경 감님이 보시기에는 그렇습니까?"

"모르나 본데 자네는 아이와 관련된 사건에 과몰 입해. 나랑 처음으로 호흡을 맞췄을 때도 그랬지. 정 의감이 넘치는 젊은이가 배속됐구나 싶어서 내심 얼 마나 기뻐했다고."

그 말을 듣자마자 G의 얼굴이 붉어졌다.

"젊은 시절 이야기는 그만두세요. 자칫하면 운전 대를 반대로 꺾을지도 모릅니다."

"어휴, 무서워라. 그럼 이쯤 해둬야겠군."

K는 헛기침을 했다.

"다음 내용을 부탁드립니다. 아이들이 앞으로 어 떻게 될지 궁금하네요."

"그 전에 하나만 확인할게."

"뭔가요?"

"G, 만약을 위해 말하는데 우리는 어디까지나 사 건의 정보를 얻기 위해 이 유류품을 조사하는 거야. 이야기에 너무 감정 이입하면 안 돼. 성품이 다정하 고 온화한 건 좋지만 부디 객관성만은 잃지 않도록 냉정함을 유지해. 아무쪼록 내 말을 유념해주길 바라."

K의 말에 G는 정신이 번쩍 난 듯한 표정을 지었
다. 마음을 다잡고 차분한 목소리로 말했다.

"실례했습니다. 다음을 부탁드립니다."

"그럼……. '1월 11일 이제 막…….'"

1월 11일

이제 막 모든 일을 마쳤다. 우리는 계획을 완수했다.
이 성취감이 다 빠져나가기 전에 자초지종을 기록해야
한다.

일단 지난 열흘간 우리는 한 명씩 감기에 걸린 척했
다. 한 명이 나을 듯싶으면 또 한 명이 옮은 것처럼 위
장했다. 감기에 걸리는 역할을 맡은 아이는 몰래 성당
을 빠져나가 가로수 길을 넘어 그 가족이 사는 집으로
향한다. 그리고 몰래 하루 종일 감시한다. 그러한 과정
을 되풀이하면서 우리는 그 가족의 생활을 완벽하게
파악했다. 일주일에 한 번 엄마가 아들을 두고 외출하
면 아들은 혼자 느긋하게 산책을 나간다. 마침 어제가
그날이었다. 우리는 '감기 환자'를 세 명으로 늘렸다.

감기에 걸린 세 명 중에 나도 있었다. 우리는 성당을

빠져나와 아이를 미행하며 기회를 노렸다. 그리고 아이
가 인기척 없는 골목으로 들어간 순간을 포착하여 덤
벼들었다.

한 명이 뒤에서 몸을 부딪쳤다. 아이가 넘어졌다. 천
조각을 쑤셔 넣어 아이의 입을 막았다. 그가 일어서기
전에 다른 한 명이 훔쳐 온 모포를 덮어씌웠다. 마지막
으로 내가 어둠에 감싸여 혼란에 빠진 아이를 노끈으
로 칭칭 묶었다.

우리는 골목에 몸을 숨기고 밤을 기다렸다. 그러는
내내 아이는 훌쩍훌쩍 울었다. 한밤중에 나머지 아이들
이 생활관을 빠져나와 우리와 합류했다. 협력하여 신속
하게 그를 커다란 벚나무가 심긴 성당 뒤편으로 옮겼
다. 요 열흘간 남의 눈에 띄지 않을 이동 경로를 찾아두
었다.

미리 준비한 밧줄로 그를 벚나무에 거꾸로 매달았다.
우리는 아직 어리고 힘이 없어 이 작업은 만만치 않았
다. 드디어 작업을 마치고 우리는 부러져서 땅에 널브
러진 나뭇가지를 집어 모포 위로 그를 때렸다. 그러자
그의 몸이 왔다 갔다 세차게 흔들렸다. 우리는 말했다.

"야, 그때 엄마 아빠 손을 잡고 매달려서 몸을 흔들

며 놀았잖아. 지금 이것도 그거랑 똑같으니까 웃어."

모포 위로 수도 없이 힘껏 때렸다. 발길질을 하고 주먹으로 후려치기도 했다. 그때마다 그는 흔들렸다. 그는 웃지 않았다. 눈물을 흘렸다. 거꾸로 매달린 탓에 눈물은 뺨이 아니라 이마를 타고 머리카락을 적셨다.

우리는 결코 즐겁지 않았다. 도대체 왜 그에게 이런 잔혹한 짓을 해야 하는가 오히려 고통마저 느꼈다. 그가 가여웠다. 그래도 그만둘 수 없었다. 뭔가 의미가 있었다. 나는 그것이 무엇일까 안간힘을 다해 생각했다.

왜 우리는 버려졌고 그는 버려지지 않았을까. 그는 울음을 그치지 않았다. 입이 막혔지만 분명 엄마와 아빠에게 도움을 청하며 소리 없는 비명을 지르는 중이었다.

넌 좋겠네, 누군가를 마음에 그리며 도움을 청할 수 있어서. 우리한테는 도움을 청할 사람이 아무도 없어. 네 눈물은 희망이 있다는 증거야. 행복의 상징이지. 넌 우리에게는 없는 걸 가지고 있어. 네가 아무 죄도 없는데 우리한테 잔혹한 짓을 당하는 것처럼, 우리는 아무 죄도 없는데 우리를 사랑해주어야 할 사람들에게 버림받았어.

숯덩이 혹은 불길이 토해낸 검은 연기 같은 증오가 조금씩 가라앉는 것을 느꼈다. 이윽고 머릿속이 뚜렷하게 맑아졌다.

도대체 눈앞의 그에게 무슨 죄가 있단 말인가?

—아니다, 그에게는 죄가 없다.

우리는 버림받았다. 태어난 우리에게 죄는 있는가?

—아니다, 우리에게도 죄는 없다. 그렇다면 모든 인간에게 죄는 없다.

우리가 취한 행동은 무엇인가?

—잔혹한 짓이다. 잔혹함 이외의 그 무엇도 아니다. 하지만 그것이 인간, 그리고 신의 본모습이다. 그렇다, 잔혹하다. 신은 잔혹하다. 신이 창조한 세상은 잔혹하다. 그리고 우리 인간은 그런 신을 본떠서 만들어졌다. 그러므로 우리들 인간이 잔혹한 것은 아주 당연한 결과다.

또다시 우리 모두가 같은 생각을 했다. 우리는 나뭇가지로 그를 때리기를 그만두고 각자 생각에 빠졌다.

다시 한번 말하지만, 우리는 결코 그에게 모포를 덮어씌우고 나무에 거꾸로 매단 채 공포에 떨며 흐느끼는 모습을 보면서 즐긴 것은 아니었다.

그에게 이유 없는 부조리를 선사하고 잔혹함을 맛보여줌으로써 우리 자신에게 주어진 잔혹함과 부조리를 이해하는 것이 목적이었다. 나는 그 목적을 똑똑히 인식했다.

남을 이해하고 싶으면 그 사람 입장에 서서 그 사람의 기분을 헤아려보라고 수도원 어른들은 자주 말했다. 우리는 그 말을 실천에 옮겼다. 부조리한 쪽에 서서 잔혹한 기분을 느끼며 생각했다. 그리고 한 가지 답을 얻었다.

우리의 행동은 분명 잔혹하다. 하지만 그것은 틀림없는 세상의 진실이다. 이 세상 누구에게도 죄는 없다. 그렇다면 이 세상 자체가 원래 잔혹하다는 뜻이다. 그리고 우리 또한 어쩔 수 없이 이 잔혹한 세상의 일부다. 이는 눈을 돌려도 변하지 않는 진리 중 하나다. 그저 그뿐이다. 이제 우리는 세상 그 자체가 됐다.

그 순간 누구도 더는 자신의 운명을 저주하거나, 운명 때문에 남을 원망하지 않게 됐다. 현재를 있는 그대로 받아들일 수 있었다. 그렇다, 우리는 이날 밤 부조리한 현실에 품은 분노를 떨쳐버리고 잔혹한 세상을 받아들였다.

앞으로 누가 "언제 어른이 됐어?" 하고 물어보면 나는 망설임 없이 이날 밤이라고 대답하겠다. 이건 우리가 다음으로 나아가기 위한 첫걸음이었다. 그러기 위한 하나의 '의식'이었다. 오늘 밤 저지른 짓과 그 의미를 이해하고 의식을 마친 후 우리는 그를 풀어주었다. 그는 겁에 질린 나머지 찍소리도 못 내고 뛰어서 달아났다.

1월 12일

이제 우리 입 안에 그 쓴맛이 번지는 일은 없었다. 목적을 달성하자 '감기'도 싹 나았다. 감기가 낫자 성당 사람들은 기뻐했다.

오늘은 마지막으로 낙엽을 줍는 날이었다. 이제 길에 낙엽은 거의 안 남았다. 낙엽 줍기는 순식간에 끝났다. 도중에 동네 부인들이 수군대는 소리를 들었다.

"그 집 아들, 갑자기 병이 났대요, 글쎄."

"요양차 자연환경이 좋은 남부로 이사하기로 했다던데."

"가엾어라. 빨리 나아지면 좋겠네……."

옆을 지나치려고 했을 때 우리를 알아보고 부인들이 말을 걸었다.

"어머, 성당 아이들이네."

"거리를 청소하다니 참 장하구나."

"부디 신의 가호가 있기를. 자애롭고 고운 마음씨를 잊지 말렴."

우리는 아무 대답 없이 고개를 깊이 숙여 인사하고 그 자리를 떠났다. 곧장 수도원으로 돌아와 낙엽을 태웠다. 어젯밤의 의식을 완결시키기 위해 마지막 절차를 밟았다.

우리는 타오르는 화톳불을 둘러싸고 섰다. 각자 품에서 다양한 물건을 꺼냈다. 조그마한 나무 인형, 방울, 목걸이 등등과 버려진 나를 감싸고 있던 포대기, 이제는 지저분한 넝마로 변한 추억의 물건을……

차례차례 추억의 물건을 불에 던져 넣고 불타는 모습을 바라보았다. 나도 똑같이 했다. 넝마가 된 포대기는 잘 탔다. 섬유 한 가닥 한 가닥에 피가 통하는 것처럼 빨갛게 물들었다가 이윽고 검게 타서 흔적도 없이 사라졌다.

이리하여 나는 정말로 자유로워졌다. 추억의 물건과 함께 진짜 이름을 장사 지냈다. 하지만 아무도 희망을 잃지 않았다. 손에 넣으려고도 하지 않았다. 모두 희망을 자기 의지로 버렸다. 우리 눈에는 의지가 깃들었다. 우리는 아무도 '천국행'이 되지 않았다. 저마다 현실을 받아들이고 살기로 했다. 이제 아무도 데리러 오지 않아도 된다. 기도도 의미가 없다. 우리는 미래에 희망을 품지 않는다. 절망도 하지 않는다. 그저 이 세상의 진실을 응시하며 앞으로 계속 살아갈 것이다.

—출제된 문제의 답은 이 일기에 전부 적혀 있는 것처럼 느껴져. 따라서 위의 내용을 그의 일기에서 고스란히 인용하여 내 답으로 삼을게.

Q. 세상은 무엇으로 구성되어 있는가?
A. 잔혹함.

여기서 K는 노트를 일단 덮었다. 앞쪽 신호가 빨간불로 변하자 G는 브레이크를 밟았다.
"입이 마를 테니 이거 드시죠."
G는 콘솔박스를 열고 페트병을 꺼내 K에게 내밀었다.
"고마워, 잘 마실게."

K는 G가 준 페트병을 순식간에 다 비웠다. 그렇게 한숨 돌리고 나서 말했다.

"자네도 하고 싶은 말은 많겠지만, 날 위해서 정보를 한번 정리해봐도 될까?"

"네, 그러시죠."

"일단 이 노트에 적힌 글씨체는 두 가지야. 첫 문장 'Q. 세상은 무엇으로 구성되어 있는가?'와 이어지는 'A. ?' 시점에서 이미 서로 다르지. 본문 내용의 글씨체는 'A. ?' 쪽이야."

G는 K의 말에 고개를 끄덕였다.

"그건 저도 마음에 걸렸습니다. 무슨 뜻인지는 몰라도 글씨체 차이는 알아볼 수 있으니까요."

"편의상 'Q. 세상은……' 쪽을 'Q'라고 하고 'A. ?' 쪽을 'A'라고 부를게. 결론을 내기는 아직 이를지도 모르지만, Q와 A 두 사람을 이번 살인 사건의 범인과 피해자로 봐도 무방할 것 같아. 자네 생각도 그렇지?"

"네, 맞습니다."

"제목 『Q&A』와 제1장의 결론으로 추측건대, 이렇게 Q가 질문하고 A가 답하는 구성으로 쭉 나아갈 것 같아."

"그렇군요. 경감님이 읽어주신 덕분에 이제야 궁금증이 풀리네요. 머릿속에 낀 안개가 걷히는 것 같습니다."

신호가 파란불로 바뀌었다. G가 다시 가속페달을 밟으며 물었다.

"본문의 일기를 쓴 '그'는 누구일까요?"

"엉뚱한 답을 해서 미안하지만, 나는 '그'보다 그가 쓴 '일기'가 더 마음에 걸려."

"일기요?"

"그의 일기에서 발췌했다, 즉 원전이 어딘가에 있다는 뜻이야. 그 방에 이것 말고 다른 문서는 없었지?"

"못 찾았습니다. 사건의 단서라 할 만한 물건은 그것뿐이에요."

"그럼 범인이 가지고 갔거나, 피해자의 소유물이거나 둘 중 하나로군."

"네."

"가령, 어디까지나 가령이야. 범인이 일기를 가지고 갔다면 왜 중대한 단서인 이 노트는 가져가지 않왔을까?"

"그건……."

"혹시 범인은 이걸 일부러 현장에 남겨놓은 거 아닐까?"

"뭐 때문에요?"

G는 K에게 힐끗 시선을 주었다. K는 장난스럽게 대답했다.

"왜 피해자가 죽어야 했는지 살인에 이르는 경위를 밝히고 자기 행동의 정당성을 증명하기 위해. 이건 어때?"

G는 운전대를 고쳐 잡았다.

"어디까지나 가정의 이야기죠?"

"응, 이제부터 이 가설을 검증해보자."

K는 노트를 다시 펼쳐 다음 부분을 읽으려고 했다. 하지만 첫 줄에 적힌 문장을 보고 어째서인지 쓴웃음을 지었다.

"경감님? 왜 그러세요?"

"내 예상 중 하나가 초장부터 빗나갔군."

"그게 무슨 말씀이십니까?"

"제2장도 질문으로 시작해. 그런데 A 글씨체군. 출

제자와 답변자가 바뀌었어. 다음은 Q가 말할 차례
인가 봐."

2

Q. 당신은 누구?

A. ?

우선 지난번 네 답을 짚고 넘어갈게. 솔직히 말해 적잖이 놀랐어. 문제를 내면서 문헌을 참고하거나, 필요하면 출전을 밝히고 내용을 인용해도 된다고 했었지.

그렇지만 하필이면 내 일기에서 답을 끌어낼 줄은 몰랐네. 사실 세상은 인간 공동체로 이루어져 있다, 세상은 눈에 보이지 않는 원자 알갱이로 이루어져 있다, 같은 유의 대답을 예상했거든. 네게 준 쉬운 어린이용 책에 나올 법한 답을 말이야.

하지만 넌 그런 교과서적인 수준을 이미 넘어섰어. 내가 네 성장 속도를 얕본 모양이야. 학교에 다니지 않고도 스스로 지성을 끊임없이 갈고닦았구나. 사과할게. 이제 어린아이 취급은 하지 않으마. 내 기대 이상으로 훌륭한 답을 도출해냈어. 그리고 네 답과 내 답이 일치해서 진심으로 기쁘다.

그럼 본론으로 들어갈게. 난 대체 누구일까. 쉽게 대답하기는 힘들군. 실로 날카롭고, 통찰력 넘치며, 철학적이고 아주 심원한 문제야. 실은 나도 이 문제를 오래 고민해왔어. 덕분에 답은 이미 찾아냈지. 하지만 답에 다다르는 과정을 네가 이해하지 못하면 이 노트는 의미가 없어. 내 답을 끌어내기 위한 공식을 어떻게 적으면 네게 가장 좋을까. 뭐부터 이야기해야 할까.

네가 인용한 내 일기에 그려진 광경의 다음 부분으로 시작해볼까. 좀 길어질지도 모르지만 양해 부탁할게.

그 일기의 다음 부분, 즉 내가 과거에 대한 분노와 집착을 불태우고 잔혹한 이 세상에서 살아가기로 결의한 날로부터 3년 후, 난 성당을 떠나게 됐어.

결과부터 말하자면 성당 부설 고아원에 사는 아이들에게는 세 가지 선택지가 있었어. 첫 번째는 장학금을 받고 외부의 기숙사 학교에 다니는 것. 아이들 중 절반인 '1', '3', '4', '7', '10'이 이 길을 택했지. 이야기를 들어보니 시험은 하품이 나올 만큼 지루했대. 아무래도 우리는 행복한 다른 아이들에 비해 머리가 좀 좋았던 모양이야.

결국 한 달이 지나 다섯 명 모두 합격 통지를 받고 생활관을 떠났지. 애석한 이별은 아니었어. 사람은 누구나 고독한 존재라는 걸 우리는 이미 알고 있었으니까.

그리고 나를 제외한 나머지 '2', '56', '8'이 두 번째 길을 택했어(5와 6은 쌍둥이라서 붙여 썼어. 키도 똑같고 늘 함께 행동해서 딱히 구별할 필요가 없었지). 두 번째 선택지는 세례를 받고 수도원에 들어가는 거야. 원래 우리한테 주어진 선택지는 이 두 가지뿐이었어. '9'인 나도 수도원에 들어갈 작정이었지.

솔직히 말해 그 무렵 우리는 어딜 가든 다 똑같다고 생각했어. 아무리 발버둥 쳐봤자 잔혹한 세상도 잔혹한 우리도 변하지 않으리라는 확신이 있었거든. 그래서 장래에 아무 꿈도 기대도 품지 않았지. 그냥 이 세상의 일부로서 살아가면 그만이었어. 즉, 원래는 모두 수도원에 들어갈 예정이었어.

하지만 예산 부족에 허덕이던 수도원은 성당의 고아들을 다섯 명만 받아들이기로 결정했어. 우리는 지금까지와 마찬가지로 즉시 회의를 열어 두 가지 선택지를 반씩 고르기로 했어. 아무도 이의나 반론을 제기하지 않았지. 그래서 신속하고 원활하게 결론이 나온 거야.

봄이 왔어. 학교 입학 수속을 마친 다섯 명은 이미 생활관을 떠났지. 나를 포함해 성당에 남은 다섯 명은 수련 수사 생활을 시작했고, 성경을 읽는 시간이 늘었고, 자선사업 때문에 밖에 나갈 일이 많아졌지. 교대로 당직을 서며 성당에 기도하러 오는 사람들을 맞이하기도 했어. 그것 말고는 예전과 크게 다를 바 없더라고.

성당 당직은 별것 아니야. 혼자서는 도저히 해결이 불가능한 문제를 끌어안고 주님을 찾아온 길 잃은 양들을 지켜보기만 하면 되는 간단한 일이거든.

필요하면 대화를 나누고, 귀 기울여 이야기를 듣고, 성경을 뒤적여 그 사람에게 도움이 되는 구절을 알려줘. 만약 참회할 일이 있다면 그 사람과 함께 주님께 기도하고, 고해를 듣고, 신의 이름으로 죄를 사해. 수련 수사에게는 보통 허용되지 않는 일이라는데, 우리 다섯 명은 우수 후보생이라 몇몇 특례를 인정받았지.

성당 신부님은 한숨과 한탄을 그쳤고 콧대도 높아졌어. 짐 덩어리로 여겼던 고아 열 명이 모두 우수한 성과를 거두자 성당의 평가는 하늘을 찔렀어. 서서히 기부금이 모이더군. 웃풍이 들지 않도록 생활관 벽을 새로 발랐지. 성당은 훨씬 대규모로 수리했어. 천장에는 사람들의 눈길을 끄는 멋진 천사 조각을 했어. 그게 좋은 홍보가 되더라. 다른 성당에 다니던 부자가 멀리서도 찾아왔고, 기부금이 더 들어왔어. 수리하고 나니까 천장이 삐걱거리지 않아서 제단 한복판에 서도 걱정이 없더군.

불쌍한 아이들에게 손을 내밀어 바른 인간으로 키웠다며 칭송을 받자 기분이 좋았는지 신부님은 '아이와 사랑'이라는 제목으로 자주 설교를 했어. 설교날에는 성당이 미어터질 만큼 사람이 많이 왔지. 당연히 우리도 반드시 참석해야 했고. 신의 가르침에 따라 사랑을 쏟으며 아이를 아껴야 한다고 신부님은 열변을 토했어. 설교에 감동받은 사람들은 아낌없는 박수를 보냈고, 눈물을 흘리기도 했지. 그리고 마지막에는 꼭 우리가 제단에 섰어. 하는 말은 매번 똑같았어.

"지금 저희가 있는 건 다 주님의 인도와 신부님의 가르침 덕분입니다."

마음을 담을 필요는 없어. 청중들은 이미 신부님의 설교를 듣고 풍선처럼 감동이 부풀어 올랐으니까. 표면을 바늘로 살짝 찔러만 줘도 감동이 폭발해 정점에 다다르지. 그 광경을 보고 있자니 그저 감탄스럽더군. 신부님이 자기 본분에 맞는 일을 했는지는 둘째 치고, 그에게는 그럴싸한 말을 적당히 늘어놓아 사람들을 매료하는 재능이 있었어. 사실, 설교를 할 때마다 신자는 늘어났고 기부금도 모였지.

그 무렵 지방에서 대기업의 이름을 빌려 간판을 내걸고 장사하는 상점이 늘어나기 시작했지. 지금 생각하면 신부님은 어떤 의미에서 시대의 선구자였던 셈이지. 딱히 나무랄 일은 아니야. 사회에서 상식으로 자리 잡아가던 방법을 한발 먼저 자기 분야에 도입했을 뿐이니까. 기업이 아니라 신의 이름을 빌린 게 유일한 차이점이지. 그는 신의 이름을 사람들에게 나누어 파는 우수한 세일즈맨이었어. 그러니까 자기 일에 정당한 보수를 바라고, 기부금을 호주머니에 약간 챙긴 것도 전혀 놀랄 일은 아니야.

2년쯤 신부님의 영업에 함께했어. 1년만 더 있으면 정식 수사가 되지. 그 무렵 지도를 맡은 담당자가 우리에게 성당 생활관에서 수도원으로 옮겨도 된다고 허가했어.

우리가 떠나면 설교할 때 설득력이 떨어져. 신부님은 황금 알을 낳는 거위를 놓치기 싫어서 수도원과 다퉜지. 우리 다섯 명은 짐을 다 싸고도 신부님의 저항 때문에 생활관을 떠나지 못했어.

수도원과 신부님의 교섭은 지지부진했고, 교착상태가 한 달이나 이어졌어. 이대로는 끝이 없겠더라고. 우리는 다시 회의를 열었지. 가장 효율적인 방법은 우리 중 한 명이 성당에 남아 신부님의 용돈벌이를 돕는 거였어. 우리는 운명을 길가의 나뭇가지에 맡겼지. 나뭇가지를 던져서 지목된 사람이 성당에 남는 거야. '2'가 나뭇가지를 높이 던졌어. 빙빙 돌던 운명이 중력에 이끌려 땅에 떨어지며 선고했지. 선택된 사람은 '9'였어.

다음 날 나는 신부님에게 성당에 남겠다고 알렸어. 신부님 얼굴이 안개가 걷히듯이 환해지더라. 요 며칠 안절부절못하던 게 거짓말로 느껴질 만큼. 며칠 후 네 명이 내게 작별 인사를 하고 수도원으로 떠났어. 그렇게 좁았던 생활관이 너무 넓어 보이더군.

"나는 그 후로도 신부님의 설교에…….'"

"죄송합니다, 차를 잠깐 세워도 될까요?"

묵묵히 차를 몰며 귀를 기울이던 G가 느닷없이 K의 낭독에 끼어들었다.

"왜, 무슨 일인데?"

"죄송합니다만 화장실이 좀 급해서……."

K는 웃었다.

"생리 현상은 어쩔 수 없지. 마침 잘됐네. 400미터 앞에 휴게소가 있어. 거기서 잠깐 쉬자고."

주차장에 차를 대고 G가 공중화장실로 달려갔다.

K는 그사이에 자판기에서 캔 커피 두 개를 사서 차로 돌아왔다.

"이제야 살겠네요."

K는 돌아온 G에게 캔 커피를 내밀었다.

"감사합니다. 잘 마시겠습니다."

두 사람은 뜨거운 커피를 천천히 마셨다. G가 먼저 입을 열었다.

"결국 일기는 Q가 쓴 거였군요."

"그렇게 봐야겠지. Q의 말대로라면 A는 아직 아이야. 한편 피해자는 성인 남성이었고. 여기서 알 수 있는 사실은……."

"심장을 찔린 피해자가 Q."

"지금도 도주 중인 범인이 A야."

"노트 내용으로 보건대 A의 나이는……."

"미성년자겠지."

"믿기지가 않습니다. 몇 살인지는 모르지만 어린 아이가 사람을 그렇게 끔찍하게 죽이다니 상상도 하기 싫군요."

히터를 틀어놓아 웃옷을 벗어도 될 만큼 따뜻했지만 G는 몸을 부르르 떨었다.

"하물며 노트를 보면 Q와 A는 아주 양호한 관계로 느껴져. 대체 뭘 어떻게 하면 이번 살인 사건으로 발전할까?"

"정말이지 알다가도 모르겠네요. 이 두 사람은 부모와 자식일까요? 둘이 어떤 관계일지 전혀 감이 안 잡힙니다."

"나도 모르겠어. 다만 Q가 이 노트와 책을 준비해서 A에게 교육을 하려 한 건 확실해. A는 학교에 다니지 않았다고도 적혀 있었지."

"네."

"만약을 위해 확인하겠는데, '쉬운 어린이용 책'은 없었지?"

"이 노트만 남아 있었습니다."

"그것도 A가 가지고 갔거나 어디 버렸겠군."

"이 일기만 유일하게 남겨둔 이유를 더 모르겠네요."

"수수께끼를 풀려면 피해자 Q의 발자취를 더듬는 수밖에. A가 출제한 두 번째 문제의 답을 Q는 아직 내놓지 않았어. G, 출발하자."

"네."

차는 휴게소를 빠져나와 다시 달리기 시작했다.

나는 그 후로도 신부님의 설교에 계속 동원됐어. 안타깝게도 신부님의 인기는 점점 하향 곡선을 그렸지. 내가 보기에는 지극히 당연한 결과였어. 신부님은 자기가 고아원 아이들을 얼마나 잘 키웠는가 하는 단 하나의 레퍼토리로 매번 청중을 감동시키기 위해 이 방법 저 방법을 짜냈지. 하지만 아무리 말솜씨가 좋아도 같은 이야기를 몇 번이나 반복하면 질릴 만도 하잖아. 신자들의 열기는 점차 식어갔어.

한번 손에 넣었다가 잃는 건 정말 견디기 힘든 일이야. 신부님은 지금까지 칭송을 받으며 하늘에 다다를 만큼 높아진 자존심에 큰 상처를 입었지. 그럼에도 과거의 영광에 매달리려 애쓰는 신부님을 보고 신자들의 마음은 결국 다 떠나갔어.

청빈을 지켜온, 혹은 그러기를 강요당한 사람의 억압된 욕망은 일단 분출되면 제어가 불가능한 법이야. 신부님은 그 전형이었어. 기부금으로 자기 배를 불렸다는 추문이 도는 바람에 신부님은 더 이상 기부금에 손을 댈 수 없었지. 그는 요 몇 년간 욕망을 충족시켜온 돈을 폭력으로 대체했어.

나는 날마다 아무 이유도 없이 얻어맞았지. 성당에 다니는 신자와 가끔 찾아오는 수사들이 눈치채지 못 하도록 배나 등처럼 옷에 가려서 보이지 않는 부분을 지팡이로 세게 때렸어. 식사라고 해봤자 하루 한 번 고작 빵과 물을 주는 것이 전부였고. 이 시기의 내 일기가 몹시 지루하지는 않던? 당시는 신부님이 어디를 어떻게 때렸는지 그것밖에 적지 않았으니까.

원래 그 일기장은 일찍이 신부님이 내게 준 선물이야. 그는 내 생일을 축하해줬어. 성당에 돈이 없어 한탄만 하는 약한 사람이었지만, 결코 피가 흐르지 않는 냉혈한은 아니었지.

그는 내게 폭력을 휘둘렀어. 그래도 그에게 죄가 있다고는 생각지 않아. 예전에 나는 한 아이에게 신부님보다 더 잔혹한 짓을 했어. 그때 이 세상 누구에게도 죄가 없음을 알았으니, 신부님을 미워하지는 않아. 싸우지 않고, 고발도 안 해. 베거나 짓밟아도 나무와 꽃이 비명을 지르지 않듯이 나는 부조리를 있는 그대로 받아들였어. 신부님이 때릴 때마다, 그 폭력을 있는 그대로 인정할 때마다, 마음이 맑고 아름다워지는 걸 느꼈어. 정말 멋졌지. 모든 걸 있는 그대로 받아들이면 세상은 참으로 아름다워.

하늘을 더럽히는 검은 연기를 보고 가슴이 증오의 불길에 타올랐던 그날이 꿈이었던 것처럼 머리 위에 펼쳐진 푸른 하늘을 보며 감동의 눈물마저 흘렸어. 그러니 신부님에게 저항할 이유가 전혀 없었지.

신부님의 폭력은 날이 갈수록 심해졌어. 괴롭지, 아프지, 비명을 질러봐, 울면서 용서를 빌어. 그는 고함을 질러댔지만 숨이 차고 지팡이를 쥔 손이 저려서 늘 내가 바람을 이루어주기 전에 먼저 포기했어. 오늘은 이쯤 해두마, 하며 돌아가지.

그는 언제나 느닷없이 찾아왔어. 아무 규칙성도 없이 불쑥. 때리는 횟수와 강도도 기분과 몸 상태에 따라 달랐고. 하지만 그거야말로 내가 바라던 부조리 자체였어. 신부님은 몰랐던 거야. 내게 행사하는 부조리한 폭력이 막 싹튼 어린나무에 뿌려지는 은총의 비라는 걸. 내 나무는 신부님 덕분에 쑥쑥 자랐어. 키가 커지고, 가지가 뻗어 나오고, 줄기가 굵어지고, 잎이 무성해졌지.

난 신부님의 폭력에 무감각해졌어. 산들바람이 나

무를 다정하고 부드럽게 어루만지는 기분이었지. 너무나 평온한 내 표정이 그의 마음에 붙은 짜증의 불에 기름을 퍼부었나 봐. 애초에 신부님은 충족되지 못하고 고이기만 하는 욕망을 배출하고자 폭력을 휘둘렀지만, 어느새 '어떻게든 내가 비명을 지르는 꼴을 보고 싶다'는 가학적인 쪽으로 목적이 바뀌었어.

거의 광란에 빠져 악을 쓰며 지팡이를 휘두르는 노인을 바라봤지. 심심풀이 삼아 풍경을 바라보는 거나 매한가지였어. 그는 그런 내 눈빛이 마음에 안 들었나 봐. 신부님은 "그런 눈으로 날 보지 마" 하고 길길이 날뛰다가 지팡이로 내 정수리를 내려쳤어.

천지가 요동치는 듯한 격한 충격이 온몸을 내달렸고, 나는 제자리에 풀썩 쓰러졌어. 머리에서 피가 뚝뚝 떨어지더군. "맛이 어떠냐" 하고 신부님이 고함치는 소리도 들렸고. 하지만 흥분이 과했어. 고함치고 악을 쓰는 소리가 생활관 바깥으로 새어 나갈 만큼 컸거든.

의식이 흐려지는 가운데 생활관 문이 벌컥 열리는 소리가 났어. 수녀님이 비명을 질렀지. "누가 좀 와 봐요! 신부님이 실성하셨어요!" 즉시 발소리가 우르르 몰려왔지. 수녀님 목소리를 듣고 온 사람들이 눈앞에 펼쳐진 광경을 보고 저마다 얼떨떨한 목소리로 한마디씩 했어. "이게 뭐야……." "주여……." "도대체 왜……?"

누군가 정신을 차리고 외쳤어. "신부님을 붙잡아!" 수사님 몇 명이 달려들어 순식간에 신부님을 제압했지. 지팡이를 빼앗기고 양팔을 붙잡힌 신부님은 고래고래 소리치며 문밖으로 끌려 나갔어. 그 광경은 간신히 지켜보았지만 이윽고 초점이 어긋나고 세상이 흐릿해졌어. 수녀님이 달려왔지. 뭐라고 하는지 모르겠더군. 귀에 대고 말하는데 아주 멀리서 말하는 것처럼 들렸어. 목소리가 점점 멀어지더니 잠시 후 완전히 사라졌어. 침묵과 암흑이 찾아오며 의식이 뚝 끊겼지.

눈을 떠보니 처음 보는 방에 누워 있더구나. 얇은 파란색 옷으로 갈아입었고, 머리에는 붕대를 감았어. 내가 누운 침대는 다리를 쭉 뻗어도 끄트머리에 닿지 않을 만큼 크고, 이불에는 구멍 하나 없었지. 베개는 믿기지 않을 만큼 푹신했어. 나는 그때까지 몸을 잔뜩 웅크려야 하는 좁은 침대와 구멍이 숭숭

뚫린 이불, 마치 납덩어리나 돌덩이처럼 딱딱한 베개밖에 사용한 적이 없었어. 영 낯설어서 몸을 일으켜 침대에서 나왔지.

방을 둘러봤어. 안쪽에는 세면실과 거울, 화장실이 있었어. 반대편에는 문이, 구석에는 등받이 없는 작은 의자가 세 개 있었고. 어딜 봐도 바닥은 먼지 한 톨 없이 깨끗했지. 아주 청결했어. 세면실 앞에 창문이 딱 하나 있더군. 다가가서 열려고 했지만 자물쇠는 풀리지 않았어. 창문으로 바깥 풍경을 바라봤지. 익숙한 건물은 어디에도 없었어. 성당도 수도원도, 가로수 낙엽으로 덮인 길도, 전부 다. 아무래도 내가 전혀 모르는 동네 같더라.

뒤에서 문을 두드리는 소리가 났어. 대답할 틈도 없이 문이 열렸지. 가방과 서류를 품에 안은 양복 차림의 남자가 나를 보자마자 반색했어.

"이제야 깨어났구나. 아, 정말 다행이야. 바로 주치의 선생님을 불러올 테니 잠깐만 기다리렴."

기쁜 표정으로 말하더니 남자는 가방과 서류를 내팽개치고 나갔어.

얼마 지나지 않아 그가 흰 가운을 입은 백발 할아

버지를 데리고 돌아왔지. 할아버지는 내 몸 여기저기를 손으로 만져 진찰하고 몇 가지 질문을 한 후 양복 남자에게 말했어.

"별문제 없습니다. 이틀쯤 상태를 더 지켜보고 아무 탈 없으면 퇴원해도 되겠어요."

양복 남자는 주치의에게 인사하고 내게 돌아섰어.

"다시 감사해야겠군. 넌 뇌진탕을 일으켜서 사흘이나 혼수상태였어."

난 여기가 어디냐고 물었어.

"네가 살던 성당에서 세 구역 떨어진 시내의 병원이야. 이 병실은 독실이니까 퇴원할 때까지 마음 놓고 푹 쉬렴."

그 말을 듣고 나는 돈이 한 푼도 없으니 당장 퇴원시켜달라고 부탁했어. 난처한 내 표정을 보고 그는 누그러진 얼굴로 웃었지.

"돈 걱정은 안 해도 돼. 입원비는 국가에서 나오니까."

부모에게 버려진 고아에게 국가 지원이 나올 리 없는데. 뭐가 어떻게 돌아가는 건지 이해하기 힘들었어. 그래서 당신 말이 안 믿긴다고 솔직하게 말했지.

"지금까지 편의상 성당의 보호를 받았다고는 하나, 그렇게 열악한 환경에서 지내왔으니 그럴 만도 해. 그 신부는 자격을 박탈당하고 성당에서 추방됐어. 그러니 안심하렴. 그는 마땅히 받아야 할 벌을 받았단다."

"벌?"

"신을 섬기는 몸이면서 감정을 주체하지 못하고 아직 어린 너를 학대했잖아. 그에 합당한 대가를 치른 거야."

"더 이상 신부님이 아니라는 뜻인가요?"

"그런 셈이지."

"신부님이 아니라면 그 사람은 앞으로 어떻게 살아갈까요?"

"글쎄, 그만한 잘못을 저질렀으니 이미 동네를 떠났겠지. 나이가 나이인 만큼 다른 일을 찾기는 힘들 거야. 하지만 체포를 면했으니 가벼운 벌이지. 오히려 너무 가볍지 않았나 싶어. 까딱 잘못 맞았다면 넌 이렇게 나랑 이야기도 못 하고 세상을 떠났을 테니까. 엄연한 살인미수야."

신부님을 생각하니 가엾더군. 그가 뭘 어쨌든 난

아무렇지도 않았는데. 그에게 죄는 없는데. 내가 한창 딴생각을 하는 동안에도 양복 남자는 이야기를 그치지 않았어.

"우리 사회에서 살아가는 사람들은 법으로 안전을 보장받는다……. 원래는 그래야 하지만 현실은 이상과 크게 다르지. 법이 완벽하게 정비되려면 아직 멀었어. 군데군데 구멍이 났지. 예를 들면 원래 국가가 돌봐야 하는 네가 그 성당에 방치된 것처럼 말이야. 그런 아이들을 구하고 법에 난 작은 구멍을 하나씩 메우는 게 내 일이란다."

그는 양복 가슴 주머니에서 작은 종잇조각 한 장을 꺼냈어.

"내 이름은 'B'야. 잘 부탁해. 그 명함에 적힌 대로 국가 지원에서 배제된 고아들을 돕는 자원봉사 단체 소속이야. 우리가 지금까지 꾸준히 들여온 노력이 최근에 드디어 결실을 맺었어. 세간에서 고아에 관한 법을 개정하라는 목소리가 높아졌고, 국가가 마침내 무거운 엉덩이를 든 덕분에 지금 이렇게 네가 보호받고 있는 거지."

열두 살 당시였다면 분명 이 좋은 소식에 기뻐했

겠지만, 이제는 아무래도 상관없는 이야기였어.

"이제 저는 어떻게 되나요?"

"마침 그 이야기를 하려던 참이었어. 이제 국가 지원을 받을 수 있다고 했는데, 실은 그 권리를 포기할 수도 있단다."

"그게 무슨 뜻인가요?"

"고아 신세를 벗어난다는 뜻이지. 우리는 일시적인 보호뿐 아니라 불우한 환경에 있는 아이들에게 부모님을 찾아주는 활동도 하거든."

그제야 B가 무슨 말을 하려는지 짐작이 갔어.

"현재 우리 활동을 지원 중인 부부가 널 양자로 들이고 싶다고 신청하셨어."

"양자요?"

"물론 거절할 권리도 있어. 다만 한번 만나서 이야기를 해보는 게 어떻겠니?"

바라는 건 손에 넣기를 포기했을 때, 혹은 더 이상 필요 없어졌을 때 눈앞에 나타나는 법일까? 문득 그런 생각이 들더라.

"알겠어요. 그 부부와 만나볼게요."

"정말이야? 아, 내가 다 기쁘구나. 그럼 바로 연락

하고 오마. 푹 쉬고 있으렴. 무리는 금물이야. 그럼
다녀올게."

B는 서류와 가방을 들고 방에서 나갔어. 난 다시
불편한 침대에서 내려와 방구석의 의자를 하나 가져
와서 앉았어. 잠시 후 B가 돌아왔지.

"전화로 그쪽 일정을 물어보니 내일 오후나 이레
후 오전 중이라면 시간이 난대. 널 만날 수 있다고
하니까 아주 기뻐하시더라. 아무래도 내일은 좀 급
한 감이 있나?"

"저는 빠를수록 좋은데요."

"그럼 내일로 한다."

"네, 잘 부탁드립니다."

B는 짐을 챙기기 시작했어.

"여러모로 감사드립니다."

"아니야, 좋아서 하는 일인걸."

B는 병원을 떠났어. 난 혼자 병실에 남아 생각했
지. '가정'도 '부모'도 더 이상 원하지 않아. 그날 작
은 포대기와 함께 희망을 불살랐어. 원하지도 않은
제안에 골머리를 앓기 싫어서 부부와 만나면 단칼에
거절하기로 했지.

밤이 되어 자려고 했지만 잠자리가 바뀌어서 그런지 잠을 거의 이루지 못했어.

"다음 날, 병실……', 아아, 더는 안 되겠어."

K는 다시 노트를 덮었다.

"하고 싶은 말씀이 있으면 하시죠. 당분간 길은 뚫릴 것 같지 않고, 시간은 많으니까요."

두 사람이 탄 차는 교통 체증에 휘말려 움직일 기미가 없었다. 전광판에 '12킬로미터 앞, 교통사고 발생'이라는 표시가 떠 있었다.

"우리는 지금까지 이 노트를 살인 사건의 정보를 얻기 위한 순수한 유류품으로 대하며 읽었어. 이야기의 내용과는 무관하게."

"네, 그렇죠."

"하지만 이쯤에서 금기를 어기고 싶군. 극히 개인적인 감상을 말해도 될까?"

G는 K의 말에 무심코 웃었다.

"얼마든지요. 애초에 아무도 금지하지 않았는걸요."

그러자 K는 봇물이 터진 듯이 말을 늘어놓았다.

"Q라는 소년은 아무래도 인간의 책임을 일절 인정하지 않는 모양이야. 전부 현실에 내재된 '잔혹함'이라는 성질 때문에 일어나는 일이다, 인간에게 죄는 없다고 Q는 일관되게 말해. 솔직히 말해 나는 이 남자의 사고 회로를 받아들일 수가 없어. 이해하고 싶지도 않고."

K가 웬일로 분개하자 G는 재미있다는 듯 웃었다.

"그 주장을 받아들이면 저희 경찰은 필요 없으니까요. Q는 어렸을 때부터 고통에 익숙한 환경에서 살아왔습니다. 그리고 고통에 굴복하기보다 되레 그걸 이용해서 자신을 둘러싼 부조리에 적응한 것처럼 보이는군요."

"그래서 A에게 아무 저항도 하지 않았다는 건가?"

"Q는 부조리한 폭력에 저항하기는커녕, 오히려 환영하는 듯 보이기까지 합니다. 그게 자신의 주장을 증명하는 데 도움이 되거든요."

"주장이라면, 세상은 잔혹함으로 구성되어 있으며, 본래 인간에게는 일절 죄가 없다는 Q의 지론 말이야?"

"그렇습니다. 부모에게 버려지면서 시작된 그의

인생은 고통으로 가득했어요. 그러한 인생 속에서 진실이라 믿어 의심치 않는 그 지론을 증명하는 것이야말로 Q에게는 유일한 삶의 보람 아니었을까요?"

꿈쩍할 기색도 없던 앞차가 몇 센티미터 움직였다.

K가 밖을 보자 전광판에 '사고 차량 견인 완료'라고 표시돼 있었다. 조금씩이지만 정체가 풀릴 징조가 보였다.

"신부가 지팡이로 머리를 내리쳤을 때도 Q는 그저 냉정하게 관찰했습니다. 피하려고 했으면 얼마든지 피했을 텐데요. 이번 사건과 상황이 아주 비슷하지 않습니까?"

"듣고 보니 확실히 그렇군."

"이번에 Q는 목숨을 잃을 위기에 직면했음에도 역시 저항하지 않고 살해당했다. 저항할 필요가 없었다. 즉, 그때 Q는 자기 철학을 증명했던 것 아닐까 싶습니다."

"그래서 죽음을 무릅썼다고?"

"정말로 죽을 각오를 했는지는 모르겠습니다. 하지만 이 가설을 토대로 삼으면 Q가 죽을지도 모르는 상황에서 일절 저항하지 않았던 것도 이해가 되죠."

"그렇군. 하지만……."

K는 미지근해진 캔 커피를 들이켜고 나서 말했다.

"죽음으로 구원받았다는 듯 행복한 Q의 표정이 여전히 이해가 안 돼."

"그게 남아 있었군요. 그가 신부에게 죽을 뻔했음에도 신념을 관철하는 모습은 노트에도 적혀 있었지만, 그게 행복했다는 말은 한마디도 없었고 그러한 묘사도 없었죠."

"제일 궁금한 건 바로 그거야."

K는 투덜대면서 노트를 펼쳤다. 차는 아주 조금씩 나아갔다.

다음 날, 병실 문을 두드리는 소리가 들렸어. 네, 하고 대답하자 문이 열리고 B가 들어왔지.

"안녕, 밤새 잘 지냈어?"

"네, 덕분에요."

"그럼 바로 안으로 모셔도 될까?"

"네, 그러세요."

"엔디어 씨, 들어오시죠."

이목구비가 뚜렷한 남자가 온화한 표정으로 들어왔어. 조금 긴장한 것 같더군. B는 방구석의 의자를 가져와서 남자와 나란히 앉아 이야기를 시작했어.

"이쪽은 엔디어 씨. 엔디어 씨 부부는 10년도 넘게 우리 활동을 지원해주고 계셔."

"처음 뵙겠습니다, 엔디어 씨. 오늘 잘 부탁드립니다."

"만나서 반가워. 나야말로 잘 부탁해. 그런데 널 어떻게 부르면 되겠니?"

엔디어 씨의 물음에 나는 잠깐 생각하다 대답했어.

"'9'라고 부르세요."

"9? 대체 왜 9야?"

"성당에 저를 포함해 아이가 열 명 있었는데, 키 순서로 서면 제가 아홉 번째였거든요."

"그런 것치고는 커 보이는걸."

"3년 사이에 많이 자랐어요. 다들 진짜 나이보다 많게 보더라고요. 몇 년 전까지만 해도 상상도 못 했던 일이죠. 성당에 있을 적에는 아이들끼리 1부터 10까지 번호로 불렀어요."

"너무 정 없이 들리는걸. 네 진짜 이름으로 부르면 안 될까?"

"그건 제 이름이 아니에요. 성당에서 지어준 가짜 이름이죠. 저는 그 이름이 마음에 안 들어요. 부모에게 버림받아 진짜 이름도 모르는 제 입장에서는 '9'가 제일 친근한 기호예요."

엔디어 씨는 약간 슬프고 딱하다는 표정을 지었어.

"……그렇구나, 알았다. 네가 바라는 대로 '9'라고 부르마. 대신에 친근함을 담아서. 그럼 되겠지, 9?"

"감사합니다. 부인은 같이 안 오셨나요?"

"아내도 오고 싶어 했지만, 오늘 몸이 좀 안 좋아서 나 혼자 왔단다. 미안해."

"그렇군요."

"다친 데는 어떠니? 내일 퇴원할 수 있다고 들었는데, 아프지는 않아?"

"이제 아무렇지도 않아요. 매번 균형 잡힌 식사가 나와서 성당에 있을 때보다 건강해진걸요."

농담조로 말하자 B와 엔디어 씨는 웃었어.

"성당에서 어떻게 지냈는지 이야기해주겠니? 싫으면 무리할 건 없고."

"딱히 재미있는 이야기는 아닌데, 그래도 괜찮을까요?"

"물론이지."

엔디어 씨는 그 후로도 몇 가지 질문을 더 했어.

"어머니 아버지는 기억나니?"

"아니요, 전혀 기억 안 나요."

"말을 아주 조곤조곤 잘하는구나. 그런 태도와 예절은 누구한테 배웠니?"

"가르쳐준 사람은 없어요. 굳이 따지자면 성경에서 배웠다고 할까요."

"신부님은 어떤 사람이었어?"

"아주 겁이 많은 분이었어요."

"학교에 다니고 싶지는 않았니?"

"그런 생각은 해본 적도 없는걸요."

"그럼 꿈이나 하고 싶은 일, 바람은 있고?"

"딱히 생각이 안 나네요."

엔디어 씨는 내 눈을 가만히 들여다봤어. 이야기하는 동안 긴장은 다 풀린 것 같더라.

"9, 난 죄 없는 아이들을 상처 입히는 사람을 용서할 수 없어. 증오한다고 표현해도 되겠지. 그래서 활동 자금을 제공하는 등 B의 일을 돕고 있단다."

나는 엔디어 씨를 마주 봤어. 그의 눈에 거짓이나 기만은 없었어. 맑은 신념의 빛이 보였지. 내 눈과는 완전히 다르더군.

"네가 신부에게 당한 일을 듣고 나랑 아내는 마치 우리가 그런 일을 당한 것처럼 상처 입었어. B에게 들었겠지만, 우리 부부는 널 거두고 싶단다. 네가 어른이 될 때까지 더 이상 상처 입지 않고 몸과 마음이 건강하게 자라도록 지켜주고 싶어. 부디 우리에게 기회를 주지 않으련?"

엔디어 씨는 성실하고 따뜻한 사람이었어. 하지만 난 그가 주겠다는 환경을 바라지 않았지. 보호를 받는 건 잔혹한 현실에서 눈을 돌리는 짓이니까.

"저는 상처 입지 않았어요. 상처 입은 건 신부님이죠. 그분은 불쌍한 사람이었어요."

엔디어 씨와 B는 놀라서 얼굴을 마주 보았어.

"······그거 진심이야, 9?"

"진심이에요, B. 엔디어 씨, 아까 죄 없는 아이라고 하셨는데 어른도 죄는 없잖아요. 신부님에게 맞아도 아무렇지 않았는데, 아무 하소연도 하지 않았는데,

제가 피를 흘리고 기절했다는 이유로 당신들은 그를 죄인으로 만들었어요. 늙고 갈 곳 없다는 걸 알면서 내쳤죠. 신부님에게 죄가 있다면 당신들에게도 죄를 물어야 해요."

B는 혼란스러운 듯 내게 물었어.

"잠깐만, 지금 신부를 두둔하는 거야?"

"두둔하는 게 아니에요. 남을 심판할 권리는 누구에게도 없다는 말이죠."

"하지만 그는 널 죽일 뻔했어. 벌을 받아 마땅해."

"왜 그걸 당신이 결정하죠?"

"우리가 잘못했다는 거니? 널 그냥 내버려둬야 했다는 거야? 계속 그렇게 맞다가 죽으면 어쩌려고?"

"그게 현실이라면 거부하지 않겠어요."

B는 말문이 막히는 모양이더라. 엔디어 씨는 여전히 내게서 눈을 돌리지 않았어.

"9, 네 생각은 틀렸어……."

"틀렸다고요?"

B가 입을 열 때마다 술렁이는 가슴을 다스리는데 결국 실패했지. 의식을 치른 이후 처음으로 분노를 느꼈어.

"저는 틀리지 않았어요. 저뿐만 아니라 아무도 무엇도 틀리지 않았다고요. 지금도 세상 어딘가에서 지진이 일어나 땅이 갈라지죠. 해일이 발생해 대지를 통째로 삼켜요. 수많은 사람이 아무 죄도 없이 목숨을 잃어요. 하지만 사람은 세상에게 죄를 묻지 못해요. 그래서 고대에 사람들은 세상의 부조리를 신의 소행이라 여겼어요. 천둥의 신이 철퇴를 내리쳐서 땅이 흔들린다. 바다의 화신인 수룡이 주린 배를 채우려고 대지를 먹어치운다. 하지만 전부 헛소리죠. 아무 쓸모도 없는 넋두리라고요. 저는 그런 기만을 인정하지 않아요. 세상의 잔혹함을 인정하지 않는 한, 우리는 영원히 그런 거짓말로 스스로를 속여야 해요. 다들 세상이 부조리함을 인정하지 못하니까 스스로를 죄인으로 만드는 거라고요. 그건 연약하다는 증거예요. 제게 신부님은 지진이자 해일이자 천둥이었고, 부조리하기 짝이 없는 이 세상 자체였어요. 저는 그 사람의 폭력에 전혀 개의치 않았어요. 아무도 죄는 없으니까. 저는 결코 눈을 돌리지 않아요. 시작부터 잔혹한 세상만이 있다는 사실에. 저도 그 일부라는 사실에. 저는 그 사실을 매일 일깨워주는 성당 생활이 만족스럽기까지 했어요. 당신들은 그 생활을 빼앗은 거라고요."

"무슨 말도 안 되는 소리를……. 아아, 맙소사."

B는 이마에 손을 댔어. 현기증이 나는 것 같더군.

"아까는 아무 생각도 안 났지만 지금 바람이 생겼어요. 신부님이 지었다는 죄를 없애고, 저를 성당으로 돌려보내주세요."

B는 난색을 표하며 겨우 대답했어.

"이제 와서 죄를 무를 수는 없어. 우리에게는 널 보호할 의무가 있다고."

"의무라고요? 그건 누가 정했죠? 그것도 법이 정했나요?"

"이런 말을 하는 아이는 네가 처음이야!"

"양자가 되든 말든 상관없어요. 어쨌거나 이 세상의 섭리는 변함없으니까. 하지만 기만을 강요하는 생활을 받아들여야 한다면, 누구의 양자로도 들어가고 싶지 않네요."

나는 하고 싶은 말을 전부 다 했어. B는 힘이 빠진 듯 어깨를 축 늘어뜨렸지. 옆에서 잠자코 우리 이야기를 듣던 엔디어 씨가 그제야 입을 열었어.

"아무래도 우리 상상보다 훨씬 세상사에 많은 생각을 품고 있는 모양이구나. 확실히 네 말이 옳을지도 몰라."

"엔디어 씨까지 그렇게 말씀하시면……."

"자자, 진정해, B. 성경에서 태도와 예절을 배웠다고 했지? 그럼 주님께 모든 인간은 길 잃은 어린양이라는 것도 알겠구나. 우리는 주님의 발끝에도 미치지 못하고, 여기도 천상계는 아니야. 우리 사회에는 법이 반드시 필요하지. 즉, 우리 사회에는 죄와 벌이 존재한다는 뜻이란다. 네 말이 진실이고, 우리 말이 기만이라 하더라도 역시 우리에게는 편의상 죄라는 개념이 꼭 필요해. 그걸 알아주었으면 좋겠구나. 그리고 아이와 어른에 차이가 없더라도, 현실에서 사회적인 책임 능력은 완전히 달라. 나는 현실을 살아가는 어른으로서 역시 신부는 죗값을 치러야 한다고 느꼈단다. 이건 내 의지야. 법과는 상관없어."

"아이는 용서받고 어른은 용서받지 못할 죄가 있다는 말씀이세요?"

"그게 아니란다. 아이의 미래는 소중해. 변화할 수 있는 가능성이 무궁무진하니까 엄벌로 그 가능성을

막아서는 안 돼. 어른에게도 아예 가능성이 없지는
않겠지만, 아이와 비교하면 훨씬 어렵지. 그들은 이
미 배웠어. 그들은 자신의 행동에 책임을 져야 해."

엔디어 씨의 눈동자는 흔들리지 않았어. 나와 마
찬가지로 신념을 굽힐 생각이 없었지.

"네 이야기는 정말 재미있구나. 하지만 그 철학과
신념은 실로 위태롭고 불완전하기도 해."

"그게 무슨 뜻이죠?"

"넌 아주 좁은 세상에서 살아왔어. 물리적인 의미
에서도 정신적인 의미에서도. 웃풍이 드는 누추한
생활관. 딱딱하고 편향적인 성당의 가르침. 성당이
제공한 환경은 마음이 무한하게 뻗어나가기에 적절
한 토양이 되어주지 못했어. 네 사고방식은 그렇듯
좁은 세상에 적응한 결과지. 아직 바깥세상을 모르
는 거야."

나는 한 마디 한 마디를 곱씹어 확인하듯 엔디어 씨
의 말에 잠자코 귀를 기울였어. 다음에 그가 무슨 말
을 할지, 무슨 말을 하려는지 결코 흘려듣지 않도록.

"넌 자신의 생각이 진실이라 믿어 의심치 않을 거
야. 신념을 꺾을 마음도 없지? 그렇다면 네 신념을

한번 증명해보렴. 난 네게 세상을 배울 환경을 제공할 수 있어. 네가 새로운 세상을 배워 시야가 넓어진 후, 신념을 관철하든 새로운 경지에 도달하든 상관없단다. 네가 옳다고 여기는 진실을 추구하면 돼. 그걸 보고 싶구나. 네가 앞으로 어른이 되어가는 과정을. 아까 널 지키고 싶다고 했는데 정정하마. 넌 그런 걸 바라지 않을 테니. 그 점을 감안해서 다시 제안할게. 9, 우리 부부 집에 와주지 않겠니?”

엔디어 씨가 말을 멈췄어. 내가 무슨 반론이나 주장을 하지 않는지 확인하는 것 같더군. 내가 아무 말도 하지 않자 엔디어 씨는 다시 입을 열었어.

“분명 불만스러울 거야, 납득도 안 될 테고. 다만 국가 제도를 이용해 보호를 받으며 생활하거나, 우리 말고 다른 사람의 양자로 들어가도 만족스럽지는 않을걸. 분명 다들 너를 불합리한 폭력에 상처 입은 가여운 소년으로 여기고 동정하겠지. 그건 결코 네가 바라는 바가 아닐 거야. 네 말에 전적으로 동의하는 건 아니다만, 적어도 그런 사람들보다는 내가 네 마음을 잘 이해할 거야. 9, 현실적으로 보건대 우리와 지내는 게 최선의 선택이야. 물론 어디까지나 내 생각이지만. 네게는 거절할 권리가 있으니, 마음에 들지 않으면 지금 내가 한 말을 싹 다 잊어버려도 상관없단다."

엔디어 씨는 그 말을 끝으로 입을 다물고 내 눈을 가만히 바라봤어.

답은 이미 나왔어. 신은 잔혹해. 세상은 잔혹함으로 이루어져 있어. 인간은 잔혹한 신을 본떠서 만들어졌고. 내가 유일하게 지침으로 삼는 신념을 부정할 수는 없지. 이건 내게 주어진 시련이야. 그의 슬하에서도 스스로 깨우친 진실을 지킬 수 있는지 신이 확인하려는 거겠지.

"알았어요. 엔디어 씨 집안사람이 돼서 증명할게요. 정말 그래도 괜찮으시겠어요?"

엔디어 씨는 활짝 웃으며 두 손을 펼쳤어.

"물론이지. 우리 부부는 진심으로 널 맞아들일 거야. 아아, 참 멋진 날이로군."

나는 B에게 말했어.

"B, 뭔가 절차를 밟아야 하죠? 빨리 부탁드립니다."

"어, 벌써 결정해도 괜찮겠어?"

"괜찮아요. 아무튼 빨리."

"아…… 그래, 당장 준비하마."

B는 가방에서 서류를 꺼냈지.

"이 종이에 양쪽이 서명하면 네가 엔디어 씨의 양 자가 되었음이 법적으로 인정돼. 이미 엔디어 씨 부 부는 서명하셨어."

나는 B에게 펜을 받아 들고 성당에서 붙여준 성인 의 이름을 써넣었어. 계약 성립. 이제 돌이킬 수 없어.

"다 됐다. 9, 이제 너와 엔디어 씨 부부는 부모 자 식 관계야. 축하한다."

"감사합니다."

"그러고 보니 9, 중요한 짐은 없니? 혹시 성당에 중요한 게 남아 있다면 말하렴, 가져다줄게."

"없어요. 아니, 물건은 아니지만 하나만 부탁드려 도 될까요?"

"그럼, 뭐든지 말하렴."

"성당 말고 수도원에 저랑 같은 고아원에서 자란 수련 수사가 있어요. 그 아이들한테 제가 수도원에 가지 않고 성당에도 돌아가지 않을 거라고 전해주세 요."

B는 가슴 주머니에서 작은 메모장을 꺼내 내 말을 받아 적었어.

"그 밖에 다른 건?"

"없어요."

"이 서류를 관할 부서에 제출해야 하니 이만 실례할게. 엔디어 씨는 어떻게 하시겠습니까?"

"나도 이만 가야지. 9, 네 생각은 모르겠지만 난 정말 기쁘단다. 아내에게도 최고의 소식을 전할 수 있겠어. 전부 네 덕분이야. 고마워."

그가 왜 고마워하는지 모르겠더군.

"내일 일을 마치고 데리러 올게. 그때까지 준비를 해두렴."

"알겠어요. 엔디어 씨."

내가 대답하자 그는 웃으며 정정했어.

"너도 오늘부로 엔디어야."

"그럼 제가 뭐라고 부르면 될까요?"

"내 이름은 던이야. 던 엔디어. 던이라고 부르렴. 억지로 아버지와 어머니로 부르지 않아도 돼. 시간이 마음의 거리를 저절로 좁혀주겠지."

"알겠어요, 던. 그럼 내일 뵐게요."

"그래, 내일이 기다려지는구나."

B와 던은 병실을 나섰어. 떠나면서 둘이 작게 말하는 소리가 들렸지.

"정말 놀랐습니다. 저 얌전해 보이는 아이가 그런 생각을 하고 있었을 줄이야."

"저 아이는 참 영리해. 어떻게 성장할지 정말 기대되는군…… 이번에야말로 끝까지 지켜볼 거야."

"예, 분명 괜찮을 겁니다. 엔디어 씨, 당신은 제가 아는 사람 중에 제일 훌륭한 분이세요."

"고마워, B. 빈말이라도 펄쩍 뛸 만큼 기쁘군."

"진심입니다."

두 사람은 그 뒤로도 계속 이야기를 나누었지만, 병실에서 점점 멀어져서 더 이상 알아들을 수 없었어. 난 침대에 드러누워 천장을 쳐다봤지. 어쩐지 몹시 피곤했어. 신부님에게 얻어맞던 시절에도 그렇게 피곤한 적은 없었는데.

이날 익숙지 않은 침대에서 처음으로 밤중에 깨지 않고 푹 잤어. 마치 이제부터 이 침대가 있는 세상에서 살아간다는 사실을 몸이 받아들인 것처럼.

이제야 고아원 아이들에게 주어진 세 번째 선택지

가 뭔지 말할 수 있겠구나. 마지막 아이, 홀로 남은 '9'가 성당을 떠나기 위해 고른 세 번째 선택지, 그건 '엔디어 씨 집안에 양자로 들어가는 것'이었어.

다음 날 해 질 녘에 던이 나를 데리러 왔어. 다친 머리는 많이 아물어서 더 이상 아프지 않았지. 하지만 내가 기절한 사이에 일곱 바늘이나 꿰맨 터라 한동안 병원에 다니며 치료를 받으라더군. 몸에 무수히 생긴 흉터도 약을 꾸준히 바르면 흔적도 없이 사라질 거라고 했지만, 난 그럴 필요를 느끼지 못했어.

깨끗하게 닦은 던의 차는 석양빛을 받아 반짝반짝 빛났어. 하얀 차체에는 흠집 하나 없었지. 내가 아는 차들이랑은 다르더라. 성당 근처 가로수 길을 달리는 차는 진흙이 잔뜩 묻어 더러운 데다 거친 길을 달리느라 돌멩이가 튀어 차체에 자잘한 흠집이 아주 많았거든.

티 없이 아름다운 흰색 차를 보자 병실 침대에 누웠을 때처럼 마음이 불편했어. 만약 몸의 상처가 다 나으면 나도 이렇게 되는 걸까. 변변치 못한 세상에서 배운 걸 다 잊고 아무 일도 없었다는 듯한 얼굴로 매일을 지내다 보면 나는 스스로에게 불편함을 느끼겠지. 그건 참을 수 없어. "역시 흉터는 남겨둘게요"라고 선언했어. 던은 고개를 끄덕이며 내 말을 받아들였지.

우리는 차에 올라탔어. 차에는 처음 타보는 터라 출발하는 데 시간이 약간 걸렸지. 조수석 안전벨트를 어떻게 매는지 몰라서 애를 좀 먹었거든. 안전벨트를 무사히 매자 던이 미소 지으며 말했어.

"축하한다. 또 하나 배웠구나."

던은 키를 돌려 시동을 걸었어. 내가 아는 다른 차는 움직일 때 갈 곳 없는 분노를 토해내듯이 큰 소리를 질렀지만, 던의 차는 마치 숨 쉬듯이 조용히, 아주 부드럽게 출발했어.

"집까지 별로 안 멀어. 30분이면 도착할 거야."

나는 창문으로 거리 풍경을 구경했어. 반대편 차로를 달리는 차는 전부 던의 차처럼 깨끗했지. 지붕이 내려앉고 반쯤 망가진 집은 어디에도 없더군. 가로수는 수도원 주변보다 키가 크고 훌륭했고, 밑동에 나뭇잎이 잔뜩 쌓여 있지도 않았어. 빈틈없이 청소된 거리에 푸른 하늘 같은 청결함이 가득했지. 옛날에 본 '부부', '가족', '행복'이 이제부터 내 생활에 함께한다는 실감이 나더라. 그게 불안했지. 내 맑은 신념이 탁해질 것 같았어.

"자, 도착했다, 9. 우리 집에 잘 왔어."

생각에 빠진 사이에 차는 목적지에 도착했어. 둔탁한 검은빛을 발하는 대문 사이로 넓은 잔디 정원과 포석 깔린 길이 보였어. 문짝에는 방문자를 노려보는 사자 장식이 달렸고, 내가 멍하니 보고 있자 던이 어깨를 두드리며 말했어.

"오늘부터 여기가 네 집이야. 네 방도 있단다."

내게 다가올 행복의 모습을 상상하자 기분이 영 거북했어. 이런 기분을 맛볼 바에야 신부님에게 얻어맞는 편이 수십 배는 낫겠더군.

"왜 그러니, 9. 속이 안 좋아?"

"차를 처음 타봐서 멀미가 난 모양이에요. 금방 괜찮아질 거예요."

"바로 저녁 먹을까 했는데, 그 전에 잠깐 쉴래?"

"그럴게요."

우리가 집에 들어가자 문에 달린 벨이 맑은 음색으로 방문자가 왔음을 알렸어.

"나 왔어, 디나."

"어서 와, 여보. 네가 9로구나. 우리 집에 잘 왔어."

집 안쪽에서 나온 엔디어 씨 부인은 아름다웠지만 앙상하게 말랐고 얼굴도 좀 수척했어.

"널 기다리고 있었단다. 어제는 병원에 못 가서 미안해."

"마음 쓰실 것 없어요. 부인이야말로 몸은 괜찮으세요?"

"이제 많이 좋아졌어. 멀쩡해. 신경 써줘서 고맙구나. 그리고 9, 내 이름은 디나야. 디나 엔디어. 서먹서먹하게 부인이라고 하지 말고 디나라고 부르렴."

"알겠어요, 디나."

"9, 포옹을 해도 될까?"

디나가 다가와서 나를 천천히 끌어안았어. 이 행위에 무슨 의미가 있는지 그때는 몰랐지. 디나의 몸은 야리야리해서 끌어안으면 부러질 것만 같더군. 디나는 만족스러운 표정으로 포옹을 풀었어.

"자, 밥 먹자. 맛있는 요리를 많이 만들었단다. 둘 다 실컷 먹어."

"멀미가 났는지 9는 속이 좀 안 좋대."

"어머, 그랬니? 여보, 그런 건 빨리 말해야지. 그런 줄도 모르고 나 혼자 신났잖아."

디나는 던을 보고 나무라듯이 말했어.

"2층에 네 방이 있으니 침대에서 마음 편히 푹 쉬렴. 밥은 몇 시에 먹든 상관없으니까."

"네, 감사합니다."

"9, 안내하마. 이쪽이야."

나는 던을 따라 계단을 올라갔어. 2층 복도를 걸어 안쪽으로 나아갔지.

"여기가 네 방이야. 네 마음대로 사용하렴."

날 위해 준비했는지 깨끗하게 정리된 방에는 침대, 책상, 책장, 램프 등 일용품이 골고루 갖추어져 있었어. 하지만 방에 들어선 순간 어쩐지 위화감이 느껴졌지. 뭔가 싶어 생각하는데 디나가 2층으로 올라왔어.

"멀미약이랑 물 가져왔어. 먹으면 멀미가 가라앉을 거야. 그럼 나중에 보자."

"배고프면 언제든지 내려오렴."

그렇게 말하고 엔디어 씨 부부는 방에서 나갔어. 난 멀미약을 쓰레기통에 버리고 물만 들이켰지. 기분이 좀 나아졌어.

날 위한 책상, 침대, 책장을 바라봤어. 뭔가 이상했
어. 신부님에게 폭행당해 기절한 후 사흘을 병실에
의식 없이 누워 있었어. 나흘째 정신을 차리자 B가
양자 결연을 제안했고, 닷새째 던과 만나, 엿새째인
오늘 그들의 집에 왔어.

어느 타이밍에 B가 엔디어 씨 부부에게 연락해 나
에 관해 말했는지는 모르지만, 나를 맞이할 준비를
할 시간은 아무리 길어도 엿새밖에 없었을 거야. 고
작 엿새 만에 가재도구를 이만큼 마련하고 정리할
수 있을까? 게다가 내가 양자 결연에 동의하리라는
확신은 없었을 거야. 어쩌면 그들은 훨씬 이전에 양
자의 방을 미리 준비해둔 걸까?

10년 넘게 단체를 지원했다니까 그동안 엔디어
씨 부부는 고아를 거두어들일 기회가 많았을 거야.
자기들과 잘 맞는 아이를 찾지 못한 걸까. 10년 넘
게? 그럴 리가. 난 위화감의 정체를 깨닫고 작게 중
얼거렸어.

"이 방은 누구 방이지?"

적어도 날 위한 건 아니야. 그것만은 확실했어. 누

군가의 방이 내게 주어진 거지. 그 누군가를 대신해.

이 가정과 부부에 대해 아직 아는 게 없었어. 그들에 대해 좀 더 알아야 했지. 난 정체 모를 방에 있기가 싫어져서 1층에 내려가기로 했어. 계단을 내려가자 어디선가 고기 굽는 냄새가 났지. 디나가 내 발소리를 듣고 고개를 내밀었어.

"어머, 9. 이제 괜찮니? 무리할 것 없어."

"디나가 준 멀미약 효과가 좋은가 봐요. 고맙습니다."

"다행이다. 밥은 먹을 수 있겠어?"

"네, 먹을게요."

"그럼 거실 테이블에 앉아서 기다리렴."

디나는 미소를 짓고 부엌으로 돌아갔어. 거실에서는 던이 테이블에 나이프와 포크를 놓고 있었지.

"이야, 9. 속은 좀 어때?"

"이제 괜찮아요."

"그거 다행이군. 이쪽이 네 자리야. 앉으렴."

나는 내 자리에 앉았어. 던이 식기류를 다 늘어놓고 내 맞은편에 앉았지.

"던, 하나 물어봐도 될까요?"

"하나뿐이겠니, 둘이든 셋이든 물어봐."

"그 방은 원래 누구 방인가요?"

던은 그 말을 듣고 웃었어.

"정말 예리하구나. 벌써 눈치챘니? 대단해."

"역시 다른 사람 방이군요."

"저녁을 먹고 나서 이야기하기로 디나와도 미리 상의해놨어. 그 방에 대해서라기보다 우리 가족에 대해."

그때 디나가 호화로운 요리가 담긴 커다란 접시를 들고 거실로 들어왔어. 음식이 수북한 접시가 차례차례 테이블에 놓였지. 디나는 남편 옆에 앉았어.

"자, 먹자. 둘이 무슨 이야기를 했어?"

"9가 그 방이 누구 거냐고 묻기에 대답하던 중이었어."

디나의 안색이 변했지. 내내 웃던 얼굴에 한순간 비통한 표정이 서렸다가 바로 밝은 웃음을 되찾았어.

"……그렇구나. 하지만 일단은 즐겁게 식사부터 하자. 여보, 와인 마실래?"

"아아, 좋지."

"9는 뭐 마실래? 좋아하는 걸 말해보렴."

좋고 싫고를 떠나 난 물과 우유밖에 못 마셔봤어. 디나에게 솔직히 말하자 뭔가 번뜩 생각난 듯한 표정으로 말하더군.

"진저에일 마셔볼래? 탄산음료가 뭔지 아니?"

"몰라요."

"후후, 그럼 결정. 분명 깜짝 놀랄 거야. 준비해 올 테니 기다리렴."

디나는 즐겁게 부엌으로 향했어.

"정말 진저에일로 괜찮겠니?"

"네, 나오는 건 뭐든지 먹어요."

내 대답에 던은 웃었어.

"그거 듬직하구나."

디나가 병 두 개와 잔 세 개를 들고 돌아왔어. 던이 피처럼 붉은 와인을 두 사람의 잔에, 거품이 이는 호박색 음료를 내 잔에 따랐어.

"그럼 새로운 우리 가족을 위해 건배!"

디나가 잔을 들었지.

"건배."

던도 함께 했어. 두 사람이 나를 쳐다봤지.

"⋯⋯건배."

무슨 뜻인지 몰랐지만 우리는 같은 말을 하고, 잔을 가볍게 부딪쳤어.

"아아, 맛있다."

"응, 좋은 와인이야."

"자, 9도 마셔보렴."

난 디나가 시키는 대로 잔을 입에 댔어. 액체가 목을 넘어간 순간 불꽃이 튀듯 강한 자극에 깜짝 놀라 하마터면 잔을 떨어뜨릴 뻔했지. 그걸 보고 두 사람은 유쾌하게 웃었어.

"어때? 깜짝 놀랐지?"

디나가 장난꾸러기 같은 표정을 지었어.

"이거 뭔가요?"

"그게 바로 진저에일이야."

던이 농담조로 말했어.

"축하한다. 또 하나 배웠구나."

식사는 온화한 분위기 속에서 진행됐어. 돌처럼 딱딱한 빵만 먹었던 고아원에서처럼 디나가 만든 따끈따끈한 빵을 꽉 깨물자 이가 딱 맞부딪쳤지. 빵이 엄청 부드럽더라고. 그걸 보고 두 사람은 또 기쁘게 웃었어. 던은 나이프와 포크 쓰는 법을 가르쳐줬어.

나이프와 포크를 어색하고 서투르게 다루는 내 모습을 디나는 실눈을 뜨고 바라봤지.

병원에서 지내며 조금 나아지기는 했지만 몸이 아직 하루 한 끼의 성당 생활에 맞추어져 있어서 그런지 많은 음식을 다 먹지는 못하겠더라. 부엌으로 접시를 옮기는 디나를 도우며 말을 걸었어.

"애써 만들어주신 요리를 남겨서 죄송해요."

"아니야. 내일 데워서 먹으면 돼. 음식은 입에 맞았니?"

"이렇게 맛있는 요리는 난생처음 먹어봤어요."

"그렇게 말해주니 기쁘구나. 매일 저녁 성찬을 차리고 싶은 기분인걸."

우리는 설거지를 하며 잡담을 나눴어. 식기를 정리하고 거실로 돌아오자 던은 진지한 표정으로 우리를 맞이했지. 드디어 본론으로 들어가는구나 싶었어.

"둘 다 앉아."

던이 내 눈을 보고 말했어.

"조금 전의 질문을 다시 들려다오."

"그 방은 원래 누구 방인지 궁금해요."

"왜 그런 생각이 들었니?"

"두 분이 저에 대해 알 수 있었던 건 아무리 빨라도 엿새 전이었어요."

"실은 닷새 전이었어."

"그럼 더 이상하죠. 그렇게 짧은 시간에 만반의 준비를 갖추고 저를 맞이하셨으니까요. 오래전부터 양자를 들이고 싶어서 준비했더라도……."

"십수 년간 가엾은 아이를 거둘 기회가 얼마든지 있었을 텐데 그러지 않았던 셈이지."

던이 내 말을 이어받았어.

"사실 그래. 정확히 말하자면 13년 전부터 단체의 활동을 지원했지만, 양자를 들이려 한 적은 한 번도 없어."

던이 와인을 마시며 말하는 동안 디나는 옆에서 어두운 표정으로 고개를 숙이고 있었어.

"우리 부부는 기다렸단다. 그 방의 진짜 주인이 돌아오기를. 지금까지 쭉."

"……누군데요?"

던이 잔을 테이블에 내려놨어.

"아들."

던이 그 말을 꺼낸 순간 디나가 양손에 얼굴을 묻

고 흐느꼈어. 왜 우는지 이해가 안 되더군.

"두 분에게는 아이가 있었군요."

"아들이야. 이름은 에덴. 에덴 엔디어. 올해로 열다섯 살. 너랑 동갑이지."

"동갑?"

"우리 부부는 그 애가 15년간 어떻게 지냈고, 어떻게 자랐는지 전혀 몰라. 살았는지 죽었는지조차도."

디나가 오열을 토해냈어.

"그 애한테 무슨 일이 있었나요?"

처음으로 던의 눈동자가 흔들리더군.

"유괴당했어."

"유괴?"

"귀여운 우리 아들은 어릴 때 유괴됐어. 기분 좋게 화창한 일요일이었지. 일광욕을 하러 다 함께 공원에 갔는데, 잠깐 눈을 뗀 사이에 아들이 사라졌어."

"어째서 유괴라고 단언하시죠?"

"경찰에 신고해서 주변을 샅샅이 뒤졌지만 아들은 발견되지 않았어. 우거진 수풀을 헤집고 호수 바닥도 뒤졌지. 다른 시의 경찰도 출동했어. 하지만 역시 어디에도 없었어. 겨우 걸음마를 뗀 에덴이 어떻게 멀리까지 가겠니. 누가 우리 아들을 데려간 건 의심할 여지가 없는 사실이야."

던의 목소리가 살짝 흔들렸어.

"희망을 버리지 않고 아들이 돌아오리라 믿으며 방을 만들었지. 그 애의 생일에는 둘이 함께 선물을 골랐고. 돌아오면 사랑을 듬뿍 쏟으리라 마음먹었어. 실의 속에서 2년이 지났을 무렵, B를 만나 그들의 활동을 지원하고 봉사에 몰두하며 마음을 지탱했어. 상처 입은 아이들을 구원하는 게 우리에게도 구원이었지. 덕분에 스러질 것 같은 마음의 불씨가 겨우 꺼지지 않았어. 하지만 아무리 기다려도 에덴은 돌아오지 않더구나. 결국 두려워하던 날이 찾아왔어. 선고일이야."

촉촉이 젖은 던의 눈에 눈물이 차올랐어. 디나는 거의 울부짖고 있었지.

"시효야. 이 나라에서 유괴 사건의 수사 기한은 15년이지. 이제 수사는 종료됐단다."

"그럼 그 아이는?"

"모르겠다. 성장한 에덴이 불쑥 돌아오리라는 꿈을 계속 꿀 수도 있겠지. 하지만 수사가 종료됐을 때

깨달았어. 15년 동안 우리 마음이 얼마나 닳고 해졌는지. 더 이상 희망을 품는 데도 지쳤음을 부정할 수 없었어. 기대를 배신당했을 때 얼마나 상처 입는지 뼈저리게 느꼈단다. 다시 일어나서 이 기약 없는 일을 평생 계속할 각오가 서지 않았어. 저주받은 과거를 떨쳐내고 지금을 살기 위해, 미래를 향해 한 발짝 내딛기 위해 우리는, 우리는……."

기나긴 시간이 흘렀어. 나는 이 침묵을 알아. 던은 지금 '의식'을 거행하려고 해. 그날 밤 나처럼. 그는, 그들은 내내 인정하지 못했던 사실과 정면으로 마주하려는 거야. 피해자 입장을 버리고, 자신들이 잔혹한 현실의 일부임을 인정하려고 해. 난 기다렸어. 그들이 한 발짝 내디딜 때까지.

한없이 긴 침묵 끝에 던이 이를 악물고 말했어.

"우리는 마음속에서 살아온 아들을 죽이기로 했다."

디나는 결국 바닥에 무너져 내렸지. 던은 눈을 감고 고개를 저었어. 눈물이 흘러내려 뺨을 적셨어. 비명 같은 울음소리와 흐느끼는 소리만이 방 안에 울려 퍼졌지.

지금 이 순간, 그들의 아들 에덴은 죽었어. 내 눈 앞에서 아이처럼 우는 그들이 죽인 거야. 에덴의 생존 여부는 이제 문제가 아니지. 엔디어 씨 부부는 앞으로 에덴 없이 살아가는 길을 받아들였어. 이제 이 세상에 에덴이 머물 곳은 없어. 그의 존재를 잡아두던 엔디어 씨 부부가 손을 놓았어. 자신들만이 마지막까지 희망을 품을 수 있음을 알지만 오랜 세월을 거쳐 그 희망을 버렸지. 지금을 살기 위해 그들은 소중한 외동아들을 잊는다는 잔혹한 짓을 감수했어.

　내가 한 가지 오해했더군. 나도 한때는 분명 그들과 마찬가지로 자신을 지탱하기 위한 꿈과 환상을 품고 있었어. 하나 행복의 파랑새는 어디에도 없지. 가족이 있든 말든 상관없어. 아무리 발버둥 쳐봤자 가진 자도 가지지 못한 자도 동등하게 세상의 잔혹함과 마주해야 해. 자신이 그 잔혹함의 일부임을 받아들여야 할 날이 와. 사람에 따라 빠르고 늦고 차이만 있을 뿐 그날은 반드시 찾아와. 이것만이 인간에게 유일하게 주어진 평등이지.

　나는 에덴의 뒤를 이어 살며 이 잔혹한 현실의 결말을 지켜볼 거야. 나를 받아들인 엔디어 씨 부부가 앞으로 어떻게 살아가는지를. 난 더 이상 이곳 생활이 두렵지 않았어. 그들과 하루하루 살아가기로 했지.

"던, 디나, 울지 마세요. 두 분에게는 죄가 없어요. 누구에게도 죄는 없어요. 이 세상이 잔혹한 거예요. 아무도 잘못하지 않았어요. 네, 아무도⋯⋯."

난 두 사람을 끌어안고 계속 달랬어. 난 가족이 뭔지 몰라. 하지만 우리 셋은 같은 세상의 일부로서 한 지붕 아래 같은 밤을 공유했어.

두 사람은 날이 샐 때까지, 눈물이 마를 때까지 울었지. 난 아침이 슬픔의 끝을 고할 때까지 그들 곁에 있었어.

"경감님."

"왜?"

"정체 구간을 빠져나왔습니다."

"그럼 빨리 안 가고 왜 서 있어?"

"보시면 아실 텐데요. 서에 도착했어요."

"⋯⋯."

"내릴까요?"

"내리면 어떻게 될까?"

"동료들이 저희를 맞이하겠죠."

"그리고?"

"현장검증 때 증거품 목록에 올렸으니까 그 노트는 회수됩니다."

"G."

"네, 경감님."

"우리는 아직 서에 도착하지 않았어."

"무슨 말씀이세요?"

"그럼, 현장에 뭘 깜빡하고 왔어."

"'그럼'은 군더더기네요, 경감님."

"정말 미안하지만 돌아가야겠는걸."

"잃어버린 건 찾아야죠."

"부탁해."

"주변을 적당히 돌아다니면 되겠습니까?"

"그래. 고마워, G. 자네는 정말 좋은 사람이야."

K가 비위를 맞추자 G는 쓴웃음을 지으며 운전대를 휙 꺾었다.

던은 병원에서 나와 처음 만났을 때 시간이 마음의 거리를 좁혀줄 거라고 했어. 그렇다면 그날 밤 분명 시간은 빛보다 빨리 흘렀을 거야. 그들은 무거운 짐을 내려놓은 듯, 안개가 걷힌 듯 표정이 개운해졌어. 나도 더 이상 그들에게 벽이나 혐오감을 느끼지 않았고. 창문으로 부드러운 햇살이 비치는 오후에 점심을 먹고 던이 종잇조각을 내밀었지.

"9, 그림은 좋아하니?"

"아니요, 딱히……. 애당초 성당에 있는 종교화밖에 본 적이 없어요."

"그럼 네게는 더 좋을지도 모르겠구나. 시내 미술관에 떠오르는 젊은 화가들의 작품을 전시하는 중이란다. 회사 동료한테 받은 표가 있으니 보고 오렴. 난 이제 일하러 갈 거야. 언제까지 울고만 있을 수는 없지."

던은 그렇게 농담까지 하며 웃을 여유가 생겼어.

"회사 가는 길에 미술관이 있으니 태워주마."

"감사합니다, 던."

"둘 다 잘 다녀와."

디나의 배웅을 받으며 우리는 집을 나섰어.

"9, 어젯밤은 고맙다. 우리는 드디어 자유로워졌어. 날개가 생긴 것처럼 몸이 가벼워."

"저는 아무것도 한 게 없어요, 던. 두 분이 용기를 내신 거죠."

"네가 있어서 겨우 용기를 얻은 거야. 역시 네 덕이란다. 고마워."

던은 차를 운전하며 거듭 내게 감사를 표했어.

"자, 다 왔다. 9, 저 흰색 건물 보이지?"

바로 근처 건물을 가리켰어.

"저게 미술관이야. 지금 온 큰길을 쭉 따라가면 집까지 40분쯤 걸리지만, 혹시 모르니 시내 지도를 주마. 그리고 용돈도."

나는 던에게 지도와 돈을 받았어.

"그리고 이것도."

던은 내게 다정하게 모자를 씌워줬어.

"아직 이 거리에 익숙하지 않을 테니 돌아오는 길에 잠깐 탐험해보는 것도 나쁘지 않을 거야."

"고마워요, 던. 집에서 봐요. 조심해서 다녀오세요."

"그래, 다녀올게. 너도 즐거운 시간 보내렴, 9."

천천히 멀어지는 차를 지켜보다 미술관으로 들어갔어. 안내 데스크에 표를 내밀자 정중한 인사와 함께 화랑으로 들여보내주더군.

"그림과 함께 편안한 시간 보내시기 바랍니다."

화랑은 아주 조용했지만 나름대로 손님이 있었어.

색채가 풍부한 그림이 많더군. 어떻게 그리는지는
전혀 모르겠더라. 전부 상당히 수련한 실력자의 그림
으로 보였어. 하지만 그뿐이야. 더는 아무것도 느껴
지지 않았어. 시간을 들여 하나씩 꼼꼼하게 보며 돌
아다녔지만 어느 작품도 내 심금을 울리지는 못했지.

다른 손님들은 이 그림이 좋다는 둥 저 그림이 좋
다는 둥 평가를 내렸어. 내게는 그림을 보는 감성이
없을지도 모르겠다는 생각을 했을 때였어. 사람들이
한곳에 몰려 있더군. 살펴보니 그림이 한 장 있었어.
그 그림은 어쩐지 다른 그림과는 달랐어.

벽에 걸린 그림들은 전부 화려한 액자에 담겨 당
당히 존재감을 과시했어. 하지만 그 그림은 액자도
없이 그림물감으로 지저분한 이젤에 놓여 화랑 한복
판에 전시되어 있었지. 나는 다른 어떤 그림보다 사
람들의 주목을 받는 그 그림에 다가갔어. 주변을 둘
러싼 손님들이 서로 소곤거렸지.

"왜 이 그림만 액자에 담겨 있지 않을까?"

"예정에 없던 그림을 갑작스레 전시하느라 그렇대."

"미술관에 다니는 지인에게 들었는데, 전시회에 출품해달라는 의뢰를 작가가 계속 거절했다더라고. 그런데 무슨 바람이 불었는지 어제 갑자기 허가가 나서 미술관에서 부랴부랴 공간을 마련했대."

"작가는 변덕이 심한 아이일지도 모르겠네. 아직 10대 중반이라고 들었어."

"이 그림을 그렇게 어린 아이가?"

"그림만 봐서는 믿기지가 않네요."

"흔해빠진 풍경화인데 왜 이렇게 끌리는 걸까."

"마치 그림 속에서 사람이 살아 숨 쉬는 것 같아."

"멋진 그림이야. 보고 있으니 그림 속으로 빨려 들어갈 것 같군."

"아아, 맞아. 왜일까. 그림 앞에 서 있으니 어쩐지 마음이 편안해져. 계속 보고 싶어."

"저도 동감입니다. 온몸이 행복으로 가득 차오르는 것 같아요. 다음 달 전시회에도 출품해주면 좋으련만."

모두가 그 그림을 호평했지. 나는 칭찬하는 말을

흘려들으며 그림 앞에 서서 바라봤어.

'제목 자화상.'

포석이 깔린 널찍한 공간에 커다란 침엽수가 한 그루. 침엽수 앞에 놓인 작은 의자. 의자에는 어린 금발 소년이 앉아 있어. 단지 그뿐인 단순한 그림이야.

그림에 아무 지식도 없는 나도 작가의 기량이 다른 작가보다 몇 수 위라는 걸 바로 알겠더군. 이 그림은 한 치의 어긋남도 없이 완벽하게 세상을 묘사했어. 그림 안에 또 하나의 생생한 세상이 무한하게 뻗어 있는 것 같은 착각마저 들었어. 그 감각은 의심할 여지가 없는 사실이었지. 그런데도 어째선지 다른 손님들과 같은 감상은 안 생기더라. 내 감상은 이 말로 집약할 수 있어.

—쓰다.

그림을 본 순간부터 왠지 입 안이 몹시 썼어. 물로 헹궈도 혀가 마비될 것 같은 쓴맛에 3년 전 일이 떠오르더군. 곱은 손으로 길에 떨어진 낙엽을 주워 모으던 나날이, 행복한 가족을 보고 마음이 무너져 타오르는 불길이 내뿜는 검은 연기가 하늘을 더럽히기를 바랐던 그 순간이. 틀림없어, 내 가슴에 소용돌이치는 감정의 정체는 바로 '증오'였어.

모두 칭찬하느라 바쁜 가운데, 나만 그림과 작가에게 말로는 다할 수 없는 분노를 느꼈지. 대체 이 그림의 무엇이 내 마음을 그렇게까지 쥐고 흔드는지 모르겠더군. 그림 속 의자에 앉아 있는 어린 금발 소년을 보자 머리가 이상해질 것만 같았어.

증오의 불길은 순식간에 마음에서 번져나가, 손끝과 발끝에 이르기까지 온몸을 지배했어. 머릿속은 새까맣게 칠해져 스스로는 더 이상 통제가 불가능했지. 나는 증오에 떠밀려 발을 내디뎠어.

다음 순간 갑자기 침묵이 찾아왔어. 화랑은 내가 왔을 때도 정적에 감싸여 있었지만, 그것과는 비교도 되지 않았지. 희미하게 들리던 소리가 전부 사라졌어. 소곤대던 목소리와 기침 소리도. 발소리도. 옷이 쓸리는 소리조차 안 났어. 다들 눈앞에서 무슨 일이 벌어졌는지 이해가 가지 않는 듯 얼떨떨한 얼굴이었지.

모두가 어리벙벙한 눈으로 나를 봤어. 처음에는 왠지 몰랐지. 다만 증오의 불길은 어느새 마음에서 사그라졌더라고. 정신을 차려보니 어째선지 손가락이 지저분하고, 손에는 종잇조각을 쥐고 있더군. 다른 종잇조각들이 눈처럼 허공에 흩날리다 바닥으로 떨어졌어. 주변을 둘러봤지. 눈앞에 전시되어 있어야 할 '자화상'이 없었어. 나는 꼭 쥐고 있던 손을 펴고 종잇조각을 뒤집었어. 한쪽 눈만 남은 금발 소년이 날 쳐다봤지. 그제야 알았어. 내가 증오의 불길이 시키는 대로 '자화상'을 찢어버렸음을.

난 달렸어. 바람을 가르듯이 화랑을 빠져나와 미술관 출구로 향했지. 여자가 비명을 질렀고, 남자는 분노에 찬 고함을 질렀어. 외치는 소리가 점차 퍼져 나갔지.

"저 녀석을 붙잡아!"

이미 늦었지. 미술관을 빠져나가 그들의 손이 미치지 않는 곳까지 달아났어. 던이 모자를 줘서 정말 다행이야. 더 이상 쫓아오는 기척은 없었지만, 얼굴이 보이지 않도록 모자를 푹 눌러썼어. 무사히 엔디어 씨 부부 집에 도착해 시계를 보니 걸어서 40분 걸릴 거리를 20분 만에 주파했더라고.

디나는 빨래는 걷는 중이었어.

"어서 오렴, 9. 그런데 왜 이렇게 일찍 왔니?"

"다녀왔어요, 디나. 아무것도 아니에요. 재미있는 그림이 딱히 없어서 바로 나왔어요."

"어머나, 아쉬워라."

"제게 그림은 아직 어려울지도 모르겠네요."

"실망하지 말고 또 가봐. 그 미술관에서는 정기적으로 재미있는 전시회를 여니까. 분명 언젠가 마음에 드는 작품이 나올 거야."

디나가 옷을 개며 말했어.

"네, 디나. 가볼게요."

입으로는 그렇게 말했지만 두 번 다시 그 미술관에는 안 갈 거라고 다짐했지.

"곧 날이 저물겠네. 좀 이르지만 밥 먹을까?"

"던이 아직 안 왔는데요."

"던은 오늘 오후 출근이라 늦게 올 거야. 밖에서 먹겠다고 했어. 우리끼리 먹자꾸나."

"알았어요. 좀 도와드릴까요?"

"그럼 채소 좀 썰어주겠니?"

나는 디나에게 식칼 다루는 법을 배워 간단한 요리를 도우며 미술관에서 있었던 일을 생각했어. 나는 왜 그림을 찢었을까. 시간이 흘러 냉정하게 생각해봐도 이유를 모르겠더군. 모르겠는 건 생각해봤자 소용없어. 그래서 사고의 방향을 전환했지. 나는 그때 왜 도망쳤을까. 엔디어 씨 부부에게 피해를 주고 싶지 않았기 때문이야. 난 어찌 되든 상관없지만 그들까지 끌어들여 욕 먹이기는 싫었어.

키가 얼마 정도인지는 알겠지만 다행히 모자 덕분에 내 얼굴을 제대로 본 사람은 없었을 거야. 단 한 명을 제외하고. 난 디나 몰래 호주머니에 손을 넣어 그림 조각을 꺼냈어. 소년의 눈동자가 나를 바라봤지. 그는 날 알아. 엔디어 씨 부부에게 피해를 주기 싫었지만, 어째서인지 증거인 그 그림 조각은 못 버리겠더군.

저녁을 먹고 샤워를 한 후 내 방에 돌아갔어. 그림 조각은 책상에 놔뒀지. 밤이 깊어도 던은 돌아오지 않았어.

캄캄한 곳에서 종이 속에 갇힌 채 갈기갈기 찢기는 꿈을 꿨어. 찢어진 '자화상' 속의 소년이 허공에서 실눈을 뜨고 그 광경을 지켜봤지. 웃는 것 같더군. 난 몸이 잘게 찢기는 걸 느끼며 그의 눈에 물었어.

"넌 누구야?"

입이 없는 그는 대답을 못 해. 그는 눈을 더 가늘게 뜨고 웃기만 했어. 이윽고 내 입도 먼지처럼 산산이 흩어져 아무것도 물어볼 수 없었지.

다음 날 아침, 창문으로 비쳐 드는 빛을 받고 긴 꿈에서 깨어났어. 당연하지만 몸은 어디 한 군데 찢어진 곳 없이 멀쩡했지. 한순간 어제 있었던 일이 전부 꿈 아니었을까 싶었지만, 몸을 일으켜 책상을 보니 그림 조각이 놓여 있더군. 눈이 당장이라도 깜박일 것처럼 생생한 표정으로 내 얼굴을 쳐다봤어.

그와 시선을 교환하고 있는데 디나가 아침 먹으러 내려오라고 문밖에서 말했어. 나는 침대를 정돈한 후 바지 호주머니에 그림 조각을 넣고 1층으로 내려갔어. 던과 디나는 이미 자리에 앉았더군. 구수한 빵 냄새가 감돌았어.

"좋은 아침, 9."

"잘 잤니?"

"안녕히 주무셨어요, 던, 디나."

던이 빵에 버터를 바르며 내게 미소 지었어.

"어제 늦게 와서 못 물어봤는데, 미술관은 어땠

니?"

내가 입을 열기 전에 디나가 대신 대답했어.

"금방 돌아왔어. 재미있는 그림이 별로 없었대. 그렇지, 9?"

"네, 디나 말이 맞아요."

"그렇구나. 그나저나 소문을 들었어. 무슨 사건이 있었다던데?"

던은 나와 디나를 번갈아 바라봤어.

"사건? 그게 뭔데? 난 몰라. 9는 아니?"

나는 주저 없이 거짓말을 했지.

"저도 몰라요."

"그럼 9는 사건이 일어나기 전에 미술관을 나선 모양이구나. 이걸 보렴. 오늘 조간신문에도 작지만 기사가 실렸어."

던은 발치에 접어서 놓아둔 신문을 집어 우리에게 보여줬어.

"누가 전시 중인 그림을 찢었대. 벌건 대낮에 너무나 대담하고 당당하게 범행을 저질러서 사람들이 얼떨떨해하는 사이에 범인은 달아났다는구나."

"제가 돌아온 후에 그런 일이 있었군요. 그 밖에는

뭐라고 적혀 있나요? 범인에 대해서는요?"

"그건 자세하게 안 나왔어. 아무래도 미술관에서는 범인을 찾을 마음이 없는 모양이야. 그렇다기보다 찢어진 그림의 작가가 범인 찾기를 거부했다고 적혀 있군."

"어머, 작가가 제일 화났을 줄 알았는데 아닌가 보네."

"취재에 응한 작가는 '그림은 또 그리면 되니까 상관없다, 전혀 아무렇지도 않다, 오히려 경찰과 신문사가 집중을 방해하는 게 문제다'라고 했대. 아주 재미있는 사람 같아. 미술관은 그림을 빌린 입장에 지나지 않잖아. 작가 본인이 괜찮다고 했으니 이번 사건은 이걸로 끝이겠지."

기사화된 내용을 보건대 더 이상 걱정하지 않아도 되겠더군.

"만약 나라면, 범인이 밝혀지지 않으면 절대로 개운하지 않을 거야. 소중한 작품이 망가졌는데 정말로 아무렇지도 않은 걸까? 당신 생각은 어때?"

디나는 이해가 안 되는 모양이었어.

"어쩌면 현재 작업 중인 눈앞의 작품에만 흥미가

있는지도 모르지. 난 예술가가 아니니까 작가의 기분이 어떤지는 잘 모르겠어. 학교 다닐 때 미술 성적도 그저 그랬거든."

그때 갑자기 던이 무릎을 탁 쳤어.

"그래, 학교 하니 생각났다. 9, 내일 학교를 견학하러 가보지 않겠니?"

디나도 손뼉을 쳤지.

"아차, 까맣게 잊고 있었네."

"제가 학교에요?"

"다음 달에 새 학기가 시작돼. 지금이 편입하기에 제일 좋은 시기지. 의무교육을 받아야 할 나이는 지났으니 원한다면 일을 해도 상관없지만, 9, 너는 영리한 아이야. 역시 학교에 다니는 게 좋겠다 싶은데."

나는 뭐라고 대답할지 고민했지.

"학교는 네가 품은 신념과는 크게 다른 곳일지도 몰라. 네가 부정하는 기만으로 가득 차 있을지도 모르지. 하지만 병원에서 말했다시피 다양한 바깥세상을 접해야 자아와 정체성을 확실히 정립할 수 있단다."

던의 말을 부정할 생각은 없었어.

"학교에 다니는 것도 던이 말한 '증명' 중 한 가지인가요?"

"그런 셈이야, 9."

그렇다면 망설일 필요 없지.

"알겠어요. 학교에 다닐게요."

내 대답을 듣고 엔디어 씨 부부는 얼굴을 마주 보고 기뻐했어.

"9, 넌 지금까지 홀로 살아남은 아주 강한 아이야. 다른 아이들이 너하고 아주 달라 보일지도 모르겠구나. 하지만 분명 괜찮을 거야. 그중에 너와 마음을 나눌 수 있는 아이가 한 명은 꼭 있을 테니까. 사람들에 치여 허우적거리지 말고 그 한 명을 찾으면 돼. 그런 친구가 어디서 널 기다리고 있을 테니까……."

"고마워요, 디나. 말씀대로 해볼게요."

"오늘은 기념할 만한 날이네. 9의 새로운 출발을 축하하는 뜻에서 맛있는 음식을 만들어야겠다."

"너무 성급한 거 아닌가. 축하는 입학하고 나서 하면 되지."

"입학했을 때도 물론 축하할 건데?"

"당신은 기념하는 걸 정말 좋아한다니까."

"그럼, 난······."

엔디어 씨 부부가 명랑하게 담소를 나누는 사이에 던이 준 신문을 다시 읽어봤어. 던 말대로 정말로 나에 대해서는 아무것도 안 적혀 있더군. 그 작은 기사는 이렇게 마무리됐어.

"제 그림을 찢은 사람에게 한마디 하고 싶은데, 기사에 실어주시겠어요?"

기자가 승낙하자 그는 다음과 같이 말했어.

"고마워. 네 덕분에 오늘 태어나서 처음 진심으로 웃었어. 정말 고마워."

"웃었다고?"

어젯밤 꿈이 떠올라서 호주머니를 봤어. 엔디어 씨 부부 앞에서 그림 조각을 꺼내 확인할 수는 없지만, 호주머니 속에서 그가 또 실눈을 뜨고 있는 게 아닐까 싶더군.

다음 날 우리 세 사람은 시내에 위치한 학교에 갔어. 난생처음 버스를 탔지. 학교는 집에서 대중교통

으로 30분 거리였어. 좌석에 앉아 흘러가는 거리 풍
경을 가만히 바라봤지. 앞으로 매일 아침 이 풍경을
보는 거야.

버스에서 내려 조금 걸으니 커다란 학교 건물이
보였어. 정문으로 들어가자 안경을 쓰고 검은 정장
을 입은 여자가 우리를 맞이했어.

"기다리고 있었습니다, 엔디어 씨. 저는 교사 T라
고 합니다. 이쪽으로 오시죠."

T는 우리를 본동과는 다른 건물에 있는 응접실로
안내했어. 도중에 학생 몇 명과 마주쳤지. 웃으며 지
나가는 그들을 보자 기분이 좀 안 좋아졌어.

또 불안해지더라고. 만약 이 학교에 다니는 학생
들 대부분이 아까 마주친 그 학생들 같다면, 교실에
들어서는 순간 토하지 않을까. 그들의 웃음소리를
듣자마자 알겠더라. 그들은 학교와 가족의 보호를
받으며 세상의 잔혹함에 뚜껑을 덮고 거기서 눈을
돌린 채 살아왔어. 내 온몸이 거부감을 표출했지. 어
떻게 말하면 학교에 가지 않겠다고 해도 엔디어 씨
부부가 이해해줄까. 그런 생각이 머릿속에서 고개를
쳐들었어.

"넌 물어보고 싶은 거 없니, ●●●?"

T가 느닷없이 성당에서 붙여준 ●●●라는 이름으로 날 불렀어.

"궁금하거나 불안한 게 있으면 뭐든지 물어보렴. 네가 지금까지 학교에 다니지 않았던 사정은 부모님께 들었어. 정말 힘들었겠구나……."

T는 날 비극의 등장인물로 취급하려 했어. 한순간 던이 염려하듯 날 바라보았지만, 아무 문제도 없다는 뜻을 담아 그의 시선을 마주했지.

"T 선생님, 부탁이 하나 있는데 말씀드려도 될까요?"

"뭐니, ●●●?"

"저를 그 이름으로 부르지 마셨으면 해요."

"뭐?"

"그건 바라지도 않았는데 성당에서 멋대로 붙인 이름이에요. 전 그 이름이 마음에 안 들어요."

T는 내 말에 동요한 것 같았어.

"그, 그렇구나. 그럼 뭐라고 부르면 될까?"

"9라고 부르시면 돼요."

"9? 숫자 9?"

"집에서도 그렇게 부르세요."

"정말인가요, 엔디어 씨?"

T가 믿기지 않는다는 듯 묻자 디나가 고개를 끄덕였어.

"예, 저희도 9라고 불러요."

혼란에 빠진 T에게 재차 제안했지.

"학교에서도 9라는 이름을 쓰면 안 될까요?"

T는 잠시 생각하다 대답했어.

"그러니까 입학 수속은 원래…… 즉 성당에서 붙여준 이름으로 하고, 학교생활을 하면서 시험 답안지에 적거나 친구들끼리 부르는 이름에는 '9'를 사용하고 싶다는 거니……?"

"맞아요."

T는 머리를 감싸 안고 고민했어.

"어쩌나……. 난 일개 교사에 지나지 않아. 허가해도 될지 말지 혼자 판단하기는 힘드네. 지금까지 이런 사례는 없었거든. 다만 역시 숫자 9는 무리일 것 같아. 너무 튀니까. 만약 교장 선생님께 제안한다면 9가 아니라 큐. 네 이름은 큐 엔디어가 될 것 같은데."

"상관없어요. ●●●만 아니라면 뭐든지 좋아요."

"알았어. 긍정적으로 검토할게."

"T 선생님, 너무 제멋대로 구는 것 같지만 부디 잘 부탁드립니다."

던이 고개를 숙였어. T는 그게 무슨 말씀이냐며 손을 내저었지.

"학생을 위해 최선을 다하는 게 교사의 사명이니까요. 최대한 힘써볼게, ●●●. 아니, 9. 다른 질문은 없니?"

"교내를 혼자 둘러봐도 될까요?"

"이 허가증을 팔에 두르면 건물에 자유로이 드나들어도 된단다. 이제 점심시간이라 수업은 참관할 수 없겠지만."

"괜찮아요. 어떤 학생들이 다니는지 궁금해서 그래요."

"그게 더 중요하지. 앞으로 친구가 될 아이들이니까."

나는 대답 없이 학교 기장이 들어간 허가증을 받아 팔에 둘렀어. 던이 나를 보고 말했지.

"9, 혹시나 해서 말하는데, 학교는 또 있어. 선택지는 하나가 아니란다."

"네, 알겠어요. 던."

"우리는 선생님과 할 이야기가 좀 있으니 먼저 교내를 견학하렴."

나는 응접실을 나서서 학생들이 모여 있는 본동으로 향했어. 던은 그렇게 말했지만 어딜 가든 학교는 다 비슷하겠지. 난 내 감각이 옳은지 확인하고 싶었어. 본동에 다가가자 건물 밖까지 아이들의 요란스런 목소리가 들리더군. 신경질이 났지만 간신히 걸음을 옮겼지.

갑자기 신경질을 날려버릴 만한 광경이 눈앞에 나타났어. 응접실에서 본동에 가려면 계단을 올라 2층에 있는 연결 복도를 지나가야 해. 연결 복도에서는 포석이 깔린 넓은 중정이 일부 내려다보여. 중정 한복판에 커다란 침엽수 한 그루가 있더군.

머릿속에 그 눈동자가 떠올랐어. 호주머니에서 그림 조각을 꺼냈지. 틀림없어. 이 포석과 커다란 침엽수. 그림 속의 경치와 내 눈앞의 광경은 동일해. 내가 미술관에서 찢어버린 '자화상'은 여기서 그린 거야.

그 그림의 작가는 10대 중반이라고 했어. 중정도

침엽수도 훌륭하기는 하지만, 일부러 찾아와서까지 그리고 싶을 장소는 아니었어. 난 확신에 가까운 예감을 품었지.

—그 그림의 작가는 이 학교 학생 아닐까?

방금 전까지 무거웠던 발걸음이 거짓말처럼 가벼워졌어. 연결 복도를 달려 본동 1층으로 내려갔지. 중정으로 이어지는 통로가 바로 보였어. 넓은 중정 여기저기를 돌아다니고, 침엽수 주변을 빙글빙글 돌면서 기억 속 '자화상'의 배경과 일치하는 각도를 찾았지.

"여기다."

학교 건물 제일 안쪽, 거기가 '자화상'이 그려진 위치였어. 하지만 당연히 의자와 어린 금발 소년은 어디에도 없었지. 나는 주변을 둘러봤어. 중정에 면한 본동 1층 교실 세 개 중 하나에만 수도가 설치되어 있었어. 멀리서 봐도 수도가 아주 더럽다는 걸 알겠더군. 바로 그림물감 때문이었어. 난 중정으로 통하는 교실 문을 열었어. 잠겨 있지 않았고, 인기척은 없었어.

교실 뒤편에 설치된 선반에는 아직 마르지 않은

그림이 수없이 얹혀 있었어. 좌우로 죽 놓인 석고 흉상이 날 쳐다봤지. 그리고 앞쪽에는 지저분한 칠판과 책상 그리고 이젤이 하나 있었어. 이젤 위에는 종이가 한 장 놓여 있었지. 나는 이젤에 한 걸음 한 걸음 다가갔어. 책상에 깨끗한 붓과 그림물감을 늘어놨더군. 누가 그림을 그리려는 건가? 그때 목소리가 들렸어.

"누구?"

문이 열리더니 한 남학생이 나타났지. 그는 붓 씻는 물통을 들고 그림물감이 묻은 앞치마를 하고 있었어.

"처음 보는 얼굴이네."

그는 내 팔에 두른 허가증을 흘끗 봤어.

"외부인이구나. 견학?"

"응, 맞아. 멋대로 들어와서 미안해. 바로 나갈게."

내가 중정으로 통하는 문으로 향하자 그가 불러 세웠어.

"왜? 일껏 견학하러 왔잖아. 천천히 보고 가. 대단한 건 없지만."

그는 부드럽게 웃었어. 그제야 그의 눈을 똑바로

봤지.

"넌 참 별나구나. 하필이면 미술실을 견학하러 오다니."

"그게 무슨 뜻이야?"

그는 물통을 책상에 올려놨어.

"모르니? 이 학교는 이 도시에서 손꼽히는 스포츠 추천 학교야. 운동부에 힘을 많이 쏟지. 반면 문화부는 어디든 사람이 없어. 대부분 폐지되기 직전이야."

"하지만 미술부는 걱정 없겠네."

"왜 그렇게 생각하는데?"

나는 선반에 얹힌 수많은 그림을 가리켰어.

"저렇게 그림이 많잖아. 부원도 많겠지."

그는 내 말을 듣고 다시 웃었어.

"공교롭게도 우리 학교에 미술부원은 나 하나뿐이야."

"너 혼자? 그럼 저건 미술 수업 시간에 그린 거야?"

"아니."

"전부 네가 그렸다고?"

"응."

"저 많은 걸 혼자서?"

"응."

도저히 믿기지 않았지만 그는 아무렇지도 않게 고개를 끄덕였어.

"전부 몇 장이야?"

"하나, 둘, 셋……. 헤아릴 시간에 한 장 더 그릴 수 있을 것 같으니 그만두자."

그는 농담인지 진담인지 모를 소리를 중얼거리며 의자에 앉았지.

"너도 앉아."

그는 의자를 하나 더 꺼내서 내게 권했어.

"난 그려본 적이 없어서 모르는데, 그림은 보통 그렇게 빨리 그려?"

"다른 사람이 어떤지는 몰라. 애당초 그리는 속도는 비교하거나 경쟁하는 게 아니야. 저마다 완성하는 데 필요한 시간은 다르니까. 그런 건 신경 안 써도 돼. 그림과 제대로 마주할 수 있다면 느리든 빠르든 상관없어."

나는 그 대답에 수긍하고 반성했어.

"내가 이상한 질문을 했구나."

"아니야."

"다른 질문을 해도 될까?"

"얼마든지."

"아까 미술부원이 너 하나라고 했지?"

"맞아."

"왜 미술부는 폐지가 안 돼?"

"내 그림을 좋아하는 스폰서가 있거든."

"스폰서?"

"그 사람이 학교에 큰돈을 기부해. 교장이 얼마나 굽실거리는지 몰라. 어지간한 부탁은 다 들어주지."

"그래서 그런 특별 대우도 받는다?"

"응, 권력은 무섭다니까."

그는 남의 일처럼 말했어.

"이 교실은 네 전용 아틀리에인 셈인가?"

"응? 아아, 그런가. 확실히 그렇다고 할 수도 있겠네."

그는 이제야 비로소 알아차린 듯 말했어. 그의 얼굴을 새삼 뜯어봤지. 그림처럼 아름답고 단정한 생김새였어.

"하루에 몇 장이나 그려?"

"그날 그릴 수 있을 만큼. 열 장 그리는 날도 있고 한 장 그리는 날도 있어."

"열 장이나? 아, 미안. 분명 매수는 관계없다고 하겠지."

그는 미소를 지으며 고개를 크게 끄덕였어.

"맞아. 말귀가 밝구나."

"하지만 그래도 이해가 안 가. 도대체 뭐가 널 그렇게 그림에 몰두시키는 거야?"

그는 역시 미소 지었어.

"질문하는 방식이 참 마음에 들어. 사람들이 내 그림을 보고 하는 말 중에 제일 짜증 나는 말이 뭐게?"

아무것도 떠오르지 않아서 고개를 저었지.

"정답은 '그렇게 그림을 많이 그리다니, 그림을 아주 좋아하나 보구나' 같은 유의 말이야."

그는 고개를 살짝 숙이고 약간 애수를 띤 목소리로 말했어.

"난 좋고 싫고를 따져서 그림을 그린 적이 한 번도 없는데."

"그래도 그림을 그리는 이유는 있지?"

"이 눈이야."

"눈?"

그는 자신의 눈을 가리키고 교실 뒤편으로 시선을 옮겼어.

"저 선반에서 그림을 적당히 한 장 꺼내서 봐봐."

"아무거나 괜찮아?"

"응, 네 마음에 드는 걸로."

나는 그의 말대로 한 장을 꺼내서 살펴봤어. 그림 속의 모든 것이 물결치는 수면에 비친 것처럼 일그러져 있더군.

"……이건 뭐야?"

그는 담담하게 대답했어.

"그게 내 눈에 보이는 세상이야. 옛날부터 이상한 물체가 보이거나, 물체가 이상하게 보이곤 했지. 책상이나 연필이 그 그림처럼 구불구불 일그러져 보여. 큰일이지, 노트에 선을 똑바로 그을 수 없거든."

그는 건조한 목소리로 웃다가 바로 심각한 표정을 지었어.

"어렸을 때 알아냈어. 일그러진 모양을 그대로 베껴 그리면 그림 속에 가둘 수 있다는 걸. 그럼 현실은 원래대로 돌아와서 본연의 모습을 되찾아. 노트에 선을 똑바로 그을 수 있게 되더라고. 그 후로 오늘에 이르기까지 그림을 계속 그렸어. 만약 그림을 그만두면 일그러진 세상에서 순식간에 미쳐버리겠지."

농담처럼 들렸지만 그는 진심으로 말했어.

"세상이 일그러진 원인은 알아?"

그는 고개를 저었어.

"글쎄. 하나 짚이는 게 있기는 한데. 난 이 세상 모든 것이 허황되게 느껴져. 나도 포함해서 말이야. 늘 어쩐지 구름을 밟는 듯 현실감이 떨어져. 다른 사람들이 스크린으로 영화를 보는 것과 비슷한 감각일지도 모르겠다. 난 분명 사람들보다 현실에 친밀감이 부족한 거야."

"친밀감?"

"응, 친밀감. 익숙하지 못하다는 뜻. 난 모두가 당연하게 여기는 게 가끔 몹시 어려워."

"예를 들면 어떤?"

"너랑 내가 앉아 있는 '의자' 말이야."

"응."

"이건 정말 같은 '의자'일까?"

"네가 보기에는 안 똑같은 것 같아?"

"그게 문제야. 그 의자와 이 의자가 완전히 다른 물건으로 느껴지거든. 온갖 형태와 색깔과 크기의 '의자'가 있지. 실은 전부 다르지만 사람들은 차이를 무시하고 전부 뭉뚱그려서 '의자'라고 불러. 아주 난폭한 짓이지. 각각 다른 존재를 뒤죽박죽 뭉쳐버리잖아. 그걸 못 견디겠더라고. 말을 사용할 때마다 존재에서 멀어지는 기분이 들어. 남들과 똑같이 느끼고 생각하는 게 잘 안 돼. 그래서 내가 접하는 현실과의 괴리가 일그러짐으로 표출되는 것 같아."

"그림을 그리면 일그러짐이 사라진다. 즉 그림을 그림으로써 현실에 친밀감을 느낄 수 있다."

"맞아. 시험 삼아 이 의자를 그린다고 상상해보자. 난 붓을 들고 의자의 구조부터 세세한 나뭇결에 이르기까지 모든 점과 마주해. '의자'라는 말에서 멀어져 이름 붙일 길 없는 존재 자체를 바라보지. 그럼 눈앞의 존재를 있는 그대로 받아들일 수 있을 것 같아. 대상을 다 그리고 나면 그 존재와 아주 조금이지만 거리가 가까워져. 조금 친해진 듯한 기분이 들지. 그러니까 일단 그림으로 그리고 나면 내 시야에서 일그러지지 않아."

"네게는 이 그림이 현실과 짝을 이루는 '이름'인 거구나. 그림을 그려서 세상에 이름을 붙이는 거야."

"그래, 미리 주어진 말은 내게 친밀감이 없어. 그래서 대신 그림을 그리지. 완성된 그림이 내가 개인적으로 사용하는 기호인 셈이야. 딱히 아무한테도 도움은 안 되지만 내게는 중요한 작업이지. 그림을 그려서 현실을 재창조하는 거야. 난 그림을 통해서만 세상을 파악할 수 있어."

"완전히 이해가 가는 건 아니지만, 무슨 기분인지 조금은 알겠다."

"너도 친밀감이 없는 게 있어?"

"그럼. 제일 진절머리 나는 건 내 이름이야. 사실 이름 따위 필요 없다고 보거든."

그는 내 말에 수긍한다는 듯 고개를 끄덕였지.

"알겠다. 내 경우는 그림 제목이야. 실은 내 그림에 제목을 붙이기 싫어. 하지만 제목을 붙이라고 종종 강요당하지. 내 그림이 내가 본 세상을 나타내는데, 왜 굳이 말로 한 번 더 설명해야 하는지 모르겠더라. 넌 그럴 때 어떻게 해?"

"어떻게 하느냐니, 뭘?"

"난 그림을 그려서 현실에 친밀감을 부여해. 넌? 친밀감이 없는 걸 그대로 내버려둬?"

"아니. 방법이 있어. 난 내게 다른 이름을 붙여."

"어떤 이름?"

"지금은 '큐'를 사용해."

"그건 숫자 9? 알파벳 Q?"[+]

"어느 쪽이든 상관없어. 네 마음에 드는 쪽을 골라. 이름은 아무래도 그만이야. 전부 단순한 기호니까."

"어느 쪽이든 괜찮다면…… 그럼 Q로 할게. 그래, 그게 좋겠어. 넌 Q야."

그는 붓을 들어 도화지에 검은색 물감으로 크고 아름다운 원을 그렸어. 무슨 의미인지 모르겠더군.

"왜 Q가 좋은데?"

"Q라는 글자의 디자인이 마음에 들거든."

그는 종이에 그린 원을 가리켰어.

"여기 O라는 글자, 혹은 원이라는 기호가 있어. 완

+ 일본어에서 숫자 9는 '큐' 혹은 '쿠'로 발음한다.

결됐지. O를 그리는 선은 결코 바깥으로 뻗어나가지 않아. 선은 영원히 O 속에 갇혀 있어. 하지만 이러면 어떨까."

그는 종이에 그린 원 아래쪽에 매끄러운 곡선을 추가했어. O가 아니라 Q로 변했지.

"봐봐. Q라는 글자는 마치 이 완결된 선이 달아날 수 없는 O의 운명에서 빠져나와 한없이 뻗어가는 광경 같지 않아?"

나는 고개를 끄덕였어.

"네 말대로야. 그렇게 보이네."

"난 Q라는 글자에 희망을 느껴. 이 닫힌 현실에서 빠져나갈 가능성과 확장성이 보이거든. Q는 내게 희망의 상징이야."

"네게 그렇게 중요한 뜻이 담긴 글자를 내게 이름으로 줘도 괜찮겠어?"

"이런 이야기를 한 건 처음이야. 지금 정말 기뻐. 그러니까 내가 Q라는 글씨에 품은 사상을 네게 선물할게. 꼭 받아줬으면 해."

그는 크게 Q를 그린 종이를 이젤에서 떼어내어 내게 내밀었어.

"받을게. 고마워, 나도 기쁘다. 이렇게 멋진 선물은 처음 받아봐."

나는 Q가 내민 종이를 받아 들었어.

"Q, 한 가지 부탁이 있는데."

"뭔데?"

"네 그림을 그리고 싶어."

"얼마든지 그려."

"딱 한 장이면 돼. 그게 중요하지."

그는 나를 의자에 앉히고 그림을 그렸어. 붓놀림이 몹시 빨라 고작 한 시간 만에 그림이 완성됐지.

"다 됐다. 고마워, Q. 이제 움직여도 돼."

그가 완성된 그림을 보여줬어. 구불구불 일그러지게 그렸을 줄 알았는데, 내 모습을 충실하게 재현했더라고.

"뭐야, 일그러진 곳이 없잖아."

"넌 일그러져 보이지 않아. 그러니 그림도 일그러지지 않지."

"자주 있는 일이야?"

"아니, 별로 없어."

내 초상화를 보면서 그에게 말했어.

"그럼 난 네게 친밀한 존재라는 뜻인데."

"그런 셈이야."

우리는 얼굴을 마주 보고 웃었어. 그때 벨 소리가 울렸지.

"이만 가야겠다."

"네 시간을 너무 많이 잡아먹었네."

"아니야, 무슨 소리를. 좋은 시간이었어, Q."

그가 오른손을 내밀었어.

"나야말로 처음으로 이야기를 나눈 학생이 너여서 다행이야. 어……"

"아 참, 깜박하고 이름도 안 알려줬네. 미안. 내 이름은 앤드. &라고 불러."

"&, 다음에 또 보자. 안녕."

"응, 잘 가."

우리는 악수와 함께 작별 인사를 마치고, 각각 중정과 본동 쪽 문으로 나갔어. 나는 응접실로 돌아와서 엔디어 씨 부부와 합류했지.

"어서 오렴, 9. 교내 탐험은 어땠어?"

"응? 손에 든 도화지는 뭐니?"

나는 종이를 펼쳐서 두 사람에게 보여줬어.

"지금 이 순간부터 저는 9가 아니라 Q예요."

&가 선물한 이름이 마음에 쏙 들었어. 나는 그날 부터 9가 아니라 Q가 됐지. &가 준 이름은 그때까 지 사용해온 9보다 훨씬 친근하고 내가 여기에 있다 는 실감을 안겨줬어. 집에 돌아오는 내내 &에게 받 은 Q 그림을 펼쳐서 바라봤지.

'Q는 희망의 상징.'

&는 뭘 희망하고 무엇에 절망할까. 그가 빠져나 가고 싶은 세상은 뭘까. 오늘 처음 만난 그 소년에 관한 모든 의문이 Q 그림에 담겨 있었어. 나는 버스 에서 던에게 말했어.

"저 그 학교에 다닐래요."

"그럴래? 마음에 들었다니 다행이구나."

옆에서 우리 대화를 듣던 디나가 물었어.

"혹시 그림을 준 사람이 네 결심에 영향을 줬니?"

"네."

디나는 던을 보고 기쁘게 웃었어.

"해냈어, 여보. Q는 입학하기도 전에 수많은 사람 가운데 단 한 명을 찾아낸 모양이야! 오늘은 축하를 해야겠네!"

디나는 그날도 맛있는 요리를 만들었어. 입학하기까지 세 번이나 만찬회를 연 셈이지.

다음 달에 나는 &가 다니는 학교에 정식으로 입학했어. 새 학기 첫날은 강당에 전교생이 모이나 보더군. 나는 수많은 학생과 그들의 시끄러운 잡담에 압도당했어. 지금까지 내가 속했던 집단은 커봤자 고작 열 명이었거든. 이 학교 학생은 적어도 그 50배는 되겠더라. 멍하니 서 있자니 날 부르는 소리가 들렸어.

"찾았다. Q, 혹시나 우리 학교에 안 다니면 어쩌나 싶었는데."

"와, &. 잘 지냈어? 사람이 이렇게 많은데 잘도 찾아냈구나."

"다른 학생과 달리 넌 일그러져 보이지 않으니까. 네 모습만 부각되어 뚜렷하게 보여. 그러고 보니 못 보던 사이에 머리가 길었네. 아주 예쁜 황금색이야. 이 지방에서는 좀처럼 보기 힘든 색이야. 마치……."

나는 선수를 쳤어.

"벼 이삭 같다고?"

&는 내 말에 미소 지었어.

"맞아, 진짜로 그렇게 말하려고 했어. 잘도 눈치챘네."

"그러는 네 머리카락은 밤 같아, &. 달빛 한 점 없이 컴컴한 한밤중 빛깔이야."

"그거 칭찬이야, 놀리는 거야?"

"글쎄, 어느 쪽일까."

우리는 강당으로 걸어가 나란히 앉았어. 조례가 시작됐지. 선생님의 주의 사항을 흘려듣고, 이어지는 교장 선생님의 긴 훈화를 흘려듣고, 학생들 격려차 방문한 내빈의 말씀도 흘려들으려고 했을 때 &가 내게 말을 걸었어.

"저 사람 누군지 알겠어?"

&는 단상 위의 콧수염 기른 중년 남자를 가리켰어. 입학하기 전 나름대로 이 도시에 대해 공부한 터라 자신 있게 대답했지.

"그 정도야 알지, &. 시장이잖아."

"아니, 틀렸어."

"무슨 소리야?"

"저 사람이 요전에 말한 내 스폰서야."

"시장이?"

나는 눈썹을 찡그리고 새삼스레 단상을 쳐다봤지.

"하기야 그의 모습은 똑똑히 보이지 않지만."

"그렇게 일그러져 보여?"

"심해. 그가 입을 열 때마다 시야가 일그러져. 그의 말은 전부 거짓이야. 보기만 해도 현기증이 나."

"그렇게 지독한 사람을 스폰서로 둬도 돼?"

"생활하려면 돈이 필요해. 그의 원조 없이는 이 학교에도 못 다니겠지. 그리고 저 사람보다 더 심하게 일그러져 보이는 사람을 알거든. 그러니까 못 견딜 정도는 아니야."

"그렇구나, 돈은 중요하지. 천장이 무너질지도 모르니까."

"그건 또 무슨 뜻이야?"

&가 난감해하며 웃자 괜한 소리를 한 것 같아 조금 부끄러웠어. 그렇게 상대의 표정을 신경 쓰며 이야기하기는 처음이었지.

"Q, 동아리 활동은 어떻게 할래? 벌써 정했어?"

"아니, 아무 데도 들어갈 마음 없어. 난 분명 너 말고 다른 학생들과는 친해지지 못할 거야. 웃음소리를 들으면 알아. 동아리에서도 분명 방해만 되겠지.

최근에 남에게 폐를 끼치면 안 된다는 걸 배웠거든."

내가 자랑하듯 말하자 &는 부드럽게 미소를 지었어.

"그럼 방과 후나 한가할 때는 미술실에 와."

"너한테 방해가 안 될까?"

"괜찮아."

그 순간 강당이 우레와 같은 박수갈채에 감싸였어. 시장은 학생들에게 손을 흔들며 단상에서 내려갔지. 우리는 그가 무슨 이야기를 했는지 거의 듣지 못했어.

난 &와 헤어져 내 반에 들어갔어. 담임은 T였지. 그녀가 날 반 아이들에게 소개했어. 1교시가 시작되기 전에 수많은 학생이 내 주변에 몰려들어 말을 걸더군. 가볍게 구역질이 났지만 간신히 참고 웃는 얼굴로 넘겼어.

수업이 시작되자 구역질이 더 심해졌어. 다른 학생들이 열심히 필기하는 가운데, 난 교사들의 이야기를 듣지 않으려고 최대한 애썼지. &가 말한 일그러진 시야는 이런 느낌일까, 아니면 이것과는 비교도 안 될까. 내내 그런 생각만 했다니까.

4교시가 끝나자마자 달아나듯 교실을 뒤로했어. 반 아이들이 말을 걸 게 불 보듯 뻔했거든. 망설임 없이 &가 있는 미술실로 향했지.

"아, 왔구나. 잘 왔어."

"방해해서 미안해, &."

"그런 말 말고 얼마든지 실컷 있다 가."

"수업은 장난 아니게 힘들구나. 저런 걸 매일 들어야 하다니."

"너도 나처럼 조만간 익숙해질 거야. 요점만 간추리고 나머지는 흘려듣는 능력이 생기지."

"너처럼 잘 되려나. 선생님이라는 사람은 왜 그렇게 피곤하게 구는 거람."

"우리를 제품으로 여기는 게 아닐까. 옛날에는 어땠는지 모르지만, 학교는 인간을 대량 생산하는 공장이야. 공장 노동자인 선생님들은 방침에 따라 같은 공정을 반복하지. 우리를 가열해서 녹이고 틀에 넣어 찍어내면 훌륭한 인간이 완성된다고 여겨. 네가 지금까지 다녔던 학교는 어땠어?"

"난 학교에 다녀본 적 없어."

"오, 그거 재미있다. 그럼 지금까지는 어디에?"

"여기서 세 구역 떨어진 성당의 고아원에 살았지. 볼품없는 옷과 변변치 못한 식사를 제공받으며 그저 일만 했어."

"고아원?"

"어렸을 때 성당 앞에 버려졌대."

"그랬구나. 부모님을 지금도 원망해?"

"아니, 전혀. 그런 마음은 3년 전에 버렸어."

"3년 전에 무슨 일이 있었는지 물어봐도 될까?"

"상관없어. 아주 간단하니까. 성당에는 나를 포함해 고아가 열 명 있었어⋯⋯."

나는 그날 밤의 일을 간추려서 설명했어.

"그 후 우리는 그를 성당 뒤편 벚나무에 거꾸로 매달았어. 그는 아무 죄도 없었지. 우리가 그에게 가한 부조리는 죄도 없이 부모에게 버려진 우리가 느끼는 부조리와 동일함을 이해했어. 우리는 이 세상 누구에게도 죄가 없으며, 애초에 세상이 잔혹하게 만들어졌음을 깨달았지. 그날 내가 이 잔혹한 세상의 일부가 되었음을 확실하게 느꼈어. 가슴이 뻥 뚫린 듯 기분이 상쾌하더라고."

"과연. 그게 네 시작의 날이구나."

"맞아."

"네가 일그러져 보이지 않는 이유를 어쩐지 알 것 같아. 그 남자애는 어떻게 됐어?"

"모르겠어. 이사 갔다는 소문만 들었지. 그거 말고는 전혀 몰라. 그 후에 사정이 생겨 엔디어 씨 부부에게 거두어졌고, 지난달에 이 동네에 온 거야."

"그렇구나. 그 사정도 자세하게 듣고 싶지만……."

&는 시계를 가리켰어. 곧 점심시간이 끝날 시간이었지.

"Q. 방과 후에 시간 나니?"

"응, 괜찮아."

"그럼 조금만 기다려줘. 지금 그리는 그림을 완성할 때까지."

"알았어."

"나중에 보자."

나는 & 말대로 남은 오후 수업을 적당히 흘려듣는 연습을 했어. 약간이나마 비결을 습득한 기분이 들더라.

방과 후, &가 그림을 다 그릴 때까지 학교 건물을 어슬렁거리며 따분함을 달랬어. 발이 가는 대로 걸음을 옮기다가 꼭대기 층까지 올라갔지. 창문으로 중정 전체가 내려다보였어. 미술실 바로 옆에 앉아 그림을 그리는 사람이 있더군. 바로 &였어.

그를 바라보고 있는데 여학생 두 명이 옆 창틀에 기대어 이야기를 나누기 시작했어. 한 명은 긴 머리를 뒤로 묶었지. 다른 한 명은 짧은 머리가 목덜미까지만 내려왔고.

해가 기울기 시작해 붉은빛이 땅을 물들였어. 중정에 심긴 침엽수가 그림자를 길게 드리웠지. 짧은 머리 여학생이 갑자기 조그마해 보이는 아래쪽 사람을 가리켰어.

"저기, L? 쟤 뭐 하는 거야?"

L이라 불린 긴 머리 여학생이 쌀쌀맞게 대답했어.

"보면 알잖아. 그림 그리는 중이야, S."

S라고 불린 짧은 머리 여학생은 무뚝뚝한 대답에 화가 좀 난 것 같더군.

"얘가 날 또 무시하네. 그건 누가 봐도 알아."

S가 뺨을 부풀리자 L은 장난스럽게 웃었어.

"그럼 무슨 의도로 한 말인데?"

"쟤, 미술부원이지?"

"응, 유일한 미술부원. 왜 미술부가 폐지되지 않는
지 다들 신기해하더라."

"학교 7대 불가사의구나."

"그래서 뭐가 궁금한 거야?"

"쟤, 왜 굳이 중정에 나와서 의자를 그리는 거야?
의자에 물건을 올려놨거나, 사람이 앉아 있으면 그
나마 이해가 가겠지만……."

"늘 저래."

"전부터 알고 있었어?"

"응……. 그렇다기보다 모두 알지. 너만 빼고."

"역시 다들 그 수수께끼가 궁금한 거구나."

"아니야, 쟤 얼굴을 잘 봐봐. 그럼 왠지 알 테니까."

S는 중정을 유심히 내려다봤어.

"잘 봐도 모르겠는데."

"그렇게 말할 줄 알았다."

L은 반쯤은 예상대로라는 듯, 반쯤은 어이가 없다
는 듯 중얼거렸지.

"쟤는 얼굴이 잘생겨서 늘 주목의 대상이야."

S는 머리를 감싸 안았어.

"나, 그런 이야기는 전혀 못 따라가겠어. 머릿속에

동아리 활동밖에 없거든. 여자애가 이러면 이상한 걸까?"

S가 불안한 듯 친구에게 묻자 L은 즉시 답했지.

"넌 그걸로 됐어. 우리 동아리의 에이스니까."

"정말?"

"그럼, 정말이고말고."

S는 안심했는지 만족스런 표정을 지었어.

"잘생긴 남자애가 쟤뿐인 건 아니잖아? 왜 쟤는 그렇게 인기가 많아?"

L은 어깨를 움츠렸어.

"다른 남자애들과 달리 조용하고 차분해서 그런가. 쟤는 쉬는 시간에도, 방과 후에도 남들과 어울리지 않고 늘 혼자 있대."

"과연 소상하시네."

"이 몸의 정보망에 걸리지 않는 소문은 없단다."

"늘 다른 학교의 전력을 분석해줘서 고마워. 우리 동아리의 데이터베이스."

L은 깍지를 끼고 당연하다는 듯 거만하게 몸을 뒤로 젖혔지.

"난 옛날부터 궁금한 건 철저하게 조사하지 않고

는 못 견디는 성격이야."

L은 중정의 소년을 내려다봤어.

"그걸 누가 모르겠니."

"그래서 당연히 쟤에 관해서도 조사해봤지."

"아, 역시? 쟤는 왜 의자만 그리는 거야?"

L은 고개를 저었어.

"쟤가 그리는 건 의자가 아니야."

"어, 아니야? 그럼 뭔데?"

"사람."

"사람?"

"의자 위에는 아무것도 없지만 완성된 그림에는
사람이 그려져 있지."

"우와, 그런 게 가능해? 굉장하다."

S는 감탄했어.

"하지만 늘 똑같은 사람만 그린다고 들었어."

"누군데?"

"몰라. 다만 어린 금발 소년이래. 아주 아름다운
그림이야. 요전에 미술관에도 전시됐었는데 모르
니? ……모르겠지."

"네, 전혀 몰랐사옵니다."

S가 당당하게 대답하자 L은 이야기를 계속했어.

"쟤는 방과 후에 아무도 없는 의자와 마주앉아 반드시 한 시간씩 그림을 그려. 딱 한 시간 만에 그림 한 장을 완성시키지."

"그거 대단한 거야?"

"미술부 담당 선생님한테 물어봤더니 눈을 반짝이며 말하더라. '쟤는 천재'라고. 평범한 학생은 완성도 있는 작품을 한 달에 한 장 그려낼까 말까 한데, 쟤는 훨씬 수준 높은 작품을 매일 그려낸대."

"그렇게 많이 그리다니, 그림을 엄청 좋아하나 보다."

"나도 처음에는 그런 줄 알았어. 그런데 아니래."

"응?"

"실은 요전에 쟤한테 말 걸어봤어."

"앗?! 뭐라고 했는데?"

S는 L에게 다가섰어.

"물론 궁금한 건 단 하나야. 도대체 누굴 그리냐고 물어봤지."

"그래서 쟤가 뭐라고 대답했는데?"

S가 L에게 더 바싹 다가붙었어. S의 기대와 달리 L

의 표정은 시원치 않더군. L은 한숨을 쉬고 중정에서 여전히 그림을 그리는 &를 바라보며 말했지.

"아무도 무엇도 안 그린대."

두 사람 사이에 긴 침묵이 흘렀어. S가 먼저 정적을 깼지.

"그리고 있잖아⋯⋯?"

"그렇지?! 맞아! 아무리 봐도 그린다고! 도통 뭔 소린지 모르겠어!"

"좀 진정해. L이 화를 내다니 별일이네."

L은 S의 말을 듣고 심호흡을 크게 한 번 했어.

"화난 거 아니거든."

두 여학생의 대화는 계속됐어. 난 호주머니에서 그림 조각을 꺼냈지. 그림 속 눈동자가 날 쳐다봤어.

실은 이 학교에 미술부원이 그밖에 없다는 이야기를 들었을 때부터, 아니, 그 이전에 그의 눈을 보고 목소리를 들은 순간부터 알고 있었지. 그에게 친근감을 느껴서 생각을 그쪽으로 돌리지 않으려 했을 뿐이야.

─그 '자화상'을 그린 사람은 &다.

회피할 수도 의심할 수도 없는 사실이었지. 나는

왜 그 그림에 증오를 느꼈을까. 자기 그림이 찢어졌는데 그는 왜 웃었을까. 그림 속 어린 금발 소년은 누구일까. 나는 왜 눈만 남은 그림 조각을 버리지 못할까.

가슴속에 소용돌이치는 다양한 의문의 답은 &가 쥐고 있어. 이 그림 조각을 보여주며 미술관에서 내가 저지른 짓을 자백하고, 그에게 물어보면 모든 수수께끼가 풀리겠지. 하지만 그럴 수 없었어. 무서웠어. 그랬다가는 뭔가가 망가질 것 같은 예감이 들었거든. 난 그가 준 Q라는 이름이 마음에 들었어. 처음으로 타인이, &라는 소년이 친구로 느껴졌어.

"아, 미술실로 돌아간다."

"아무래도 다 그린 모양이네."

난 여학생들 뒤를 지나쳐 계단을 내려갔어. 묵직한 납덩이처럼 무거운 마음으로 미술실로 향했지. &가 한없이 부드러운 목소리로 날 맞이했어.

"오, Q. 막 다 그린 참이었어. 갈까."

"응."

"무슨 일 있어? 어쩐지 기운 없어 보이는걸."

"아무것도 아니야."

그때 미술실 문이 소리 나게 열렸지.

"어머, 엔디어?"

"T 선생님."

담임선생인 T였어. 우릴 보고 쿡쿡 웃더군.

"너희들 아주 재미있는 한 쌍이구나. 엔디어가 왜 여기 있지?"

&가 조용히 대답했어.

"제 친구예요."

"네가 다른 사람과 함께 있다니 참 별일이네."

나는 &를 봤어. 그가 의문의 시선을 알아채고 대답했지.

"T 선생님은 미술부 담당이셔."

T는 주저 없이 똑바로 &에게 걸어왔어.

"그런데 &. 그림은 다 그렸니?"

"……네."

&의 목소리는 평소보다 기운이 없고 작았어. 그렇다기보다 T가 교실에 들어온 순간부터 뭔가 겁내는 것 같더군.

"이거예요, T 선생님."

&는 하얀 천으로 꼼꼼하게 포장한 그림을 내밀었

어. 아마 안에는 '자화상'이 들었겠지.

"다행이다. 요전 건 누가 찢어버렸잖니."

T는 황홀한 표정으로 그림을 받아 들었어.

"곧 날이 저물 거야. 둘 다 빨리 돌아가렴."

"네, 선생님."

&의 손가락이 희미하게 떨리는 게 눈에 들어왔어.

"&……. 너의."

"Q. 돌아가자."

&는 내 말을 막고 짐을 정리했어. 눈을 맞추려 들지 않더군. 그가 아무 말도 듣고 싶지 않다는 걸 알았어.

우리는 학교를 뒤로했어.

해가 뉘엿뉘엿 지고 있었지. 우리는 말없이 그저 나란히 걸었어. &가 아무 이야기도 하기 싫다는데 내가 물어볼 수야 없잖아. &는 뭔가 골똘히 생각에 빠진 것처럼 오로지 침묵을 지켰어. 분위기를 바꾸고 싶어서 호주머니를 뒤졌지.

─차라리 이걸 보여주면 뭔가 말하지 않을까?

거북한 분위기가 날 대담하게 만들었어. 마음을 단단히 먹고 &에게 말을 걸려고 했지. 그런데 전혀 예상치 못한 제삼자가 기나긴 침묵을 깨뜨렸어.

천둥이 친 것처럼 요란한 소리가 거리에 울려 퍼졌지. 차도에서 뭔가가 불타올랐어.

"사고다! 기름이 샌다! 모두 물러나!"

외치는 소리를 듣자마자 주변 사람들은 비명을 지르며 마치 몸에 불이 옮겨 붙을까 봐 겁나는 것처럼 쏜살같이 달아났지. &는 어째서인지 불길이 치솟는 방향으로 다가갔어. 난 그를 뒤따라갔어.

충돌한 두 차량에서 연기가 피어올랐어. 이미 구급차와 소방차가 출동했지. 차에서 떨어진 보도에는 사람이 누워 있었어. 팔을 축 늘어뜨린 채 미동도 않더라. 불타는 차의 운전자겠지. 그는 들것에 실려 구급대원들에게 인계됐어.

&는 가방에서 노트와 연필을 꺼내 재빨리 그 모습을 스케치했어. 이윽고 손을 멈추고 머리를 숙이더니, 고개를 저으며 중얼거렸지.

"틀렸어. 지금 실려 간 사람은 가망이 없어."

"그걸 어떻게 알아?"

"일그러짐이 사라졌거든."

"그게 무슨 소리야?"

"죽어 있는 사람은 일그러져 보이지 않아."

나는 그 말에 담긴 뜻을 곱씹고 나서 물었어.

"……다시 말해 살아 있는 사람보다 죽은 사람이 더 친밀하게 느껴진다는 거야?"

&는 화재가 진압된 차에서 하늘 높이 피어오르는 연기를 보며 대답했어.

"분명 사람이 죽는 순간 이 세상 자체가 되기 때문이겠지."

"하지만 난 살아 있는데도 일그러져 보이지 않잖아."

"네가 적어도 다른 사람들보다는 세상에 가까운 존재라서 그래. 점심시간에 네가 그랬잖아. '그날 내가 이 잔혹한 세상의 일부가 되었음을 확실하게 느꼈어'라고."

&는 구급차에 실리는 운전자에게서 시선을 떼지 않았지.

"세상을 이해하고 싶으면 세상 자체가 되는 수밖에. 생사는 문제가 아니야. 봐봐 Q. 그는 지금 세상이 됐어. 완성된 거야. 그는 죽음을 통해 이 세상을 받아들였어."

&는 운전자의 머리카락 한 올마저 충실하게 그림 속에 재현하려고 했어.

"'죽었다'와 '죽어 있다'는 완전히 달라. 난 '죽어 있다'가 올바른 표현이라고 생각해. 사람의 죽음은 계속되지. 죽음은 순간이 아니야. 영원이야."

&의 말을 완전히 이해하지 못했지만, &의 말과 손은 멈출 줄 몰랐어.

"인간은 말로 세상을 일그러뜨려왔어. 세상의 일부임을 거부하고 자신들만의 현실을 만들어냈지. 그건 기만으로 가득해 결국 무너질 모래성이야. 인간은 결국 세상의 일부야. 세상은 아름다워. 우리 인간이 세상이 되려면, 진정한 의미에서 세상 자체가 되려면 역시 죽는 수밖에 없어. 죽음은……."

&는 그제야 손을 멈췄어. 그림이 완성됐지.

"죽음은 아름다워."

나는 호주머니 속의 그림 조각을 또 만졌어.

&에게 '자화상'이란 무엇일까. 그는 죽음이 아름답다고 했어. 여학생에게 '아무도 무엇도 안 그린다'고 대답한 건, 그 그림이 죽음의 상징이자 이 세상 자체이기 때문이야. 그걸 겨우 깨달았지.

그의 그림에는 마력이랄까, 보는 사람을 사로잡는 신비한 매력이 있어. &의 '자화상'에 홀린 손님들은 그가 그리는 죽음과 세상 자체에 매료되는 거야. 하지만 난 그 그림에 증오를 느끼고 찢어버렸지. 난 거부한 거야, 죽음을. 이 세상 자체가 되는 것을.

머릿속이 혼란스럽더군. 이때 처음으로 내 신념이 흔들리는 위기에 직면했어. 말도 안 돼, 그럴 리 없어. 난 신부님이 지팡이로 머리를 내리칠 때도 피하지 않았는걸. 죽음을 거부하지 않았다고. 하지만 어쩌면 마음 한구석으로는 그런 노인의 일격에 죽을 리 없다고 믿었던 것 아닐까.

던과 만난 그날, 병실에서 꺼낸 말을 되풀이할 자신이 없었어. 발밑의 땅이 갈라져 거꾸로 떨어지는 듯한 감각이 덮쳐왔지.

이 혼란을 타개하기 위해 &의 깊은 내면을 들여다봐야겠다 싶었어.

"&, 넌 아름다운 게 좋아?"

"응. 사람은 자신에게 없는 것일수록 가지고 싶어 하는 법이니까. Q, 내가 그때 한 이야기 기억나?"

"무슨 이야기?"

"시장보다 추하게 일그러져 보이는 사람이 있다고 했잖아."

"기억나."

"그게 누군지 알겠어?"

"아니……."

"지금 네 눈에 비치는 남자야."

&는 자조하듯 웃었어.

"내 눈에 비치는 나는 지독하게 일그러졌어. 모순됐지. 기만된 현실을 싫어하면서 내가 그 누구보다도 기만으로 가득해. 난 추해."

"아니야."

"맞아. 넌 아직 아무것도 몰라. 난 추해. 그러니 그런 그림을 그릴 수 있는 거야. 모두가 아름답다고 입이 닳도록 칭송하는 그림을. 난 누구보다도 아름다움과 거리가 멀어. 그래서 내게는 잘 보이지. 그 모습을 있는 그대로 충실하게 묘사할 수 있어."

"그게 다 무슨 소리야?"

"너도 미술관에서 내가 그린 그림을 봤잖아."

"아니, 네 그림을 본 건……."

"그리고 갈가리 찢어버렸지."

심장이 소리 높여 고동쳤어. 한순간 시간이 멈춘 것 같았지. &는 확신을 가지고 말했어. 더 이상 얼버무릴 수 없겠더군.

"나인 줄 어떻게 알았어?"

"그때 모자를 쓰고 있어서 어른들에게는 얼굴을 들키지 않았겠지. 하지만 너보다 키가 작은 아이라면 어떨까? 거기 엄마를 따라온 어린 여자애가 있었거든. 네 얼굴을 본 그 아이의 설명을 들으며 초상화를 그리는 건 식은 죽 먹기였어."

"그럼 처음 만났을 때부터 날 알고 있었구나."

"응. 하지만 너도 마찬가지일 텐데."

난 아무 대꾸도 못 했지.

"그림을 찢은 사람에게 책임을 묻지 말라고 미술관에 부탁한 건 나야. 시장의 권력을 이용해 신문에 범인의 특징이 실리지 않도록 조치한 것도 나고."

"왜 그런 짓을?"

"네가 어떤 인간인지 내 눈으로 확인하고 싶었거든. 경찰이나 다른 방해물의 개입은 피하고 싶었어."

&는 눈을 돌렸어.

"너랑 있으니 즐겁더라. 그래서 결론을 내리길 미

뒀어."

"뭐야, 너도 나랑 똑같았구나……."

나는 힘없이 웃었어. 기쁜 건지 슬픈 건지 나 스스로도 모르겠더군. &는 그런 나를 다시 똑바로 쳐다봤어.

"난 매일매일 같은 그림을 그려왔어. 만족할 때까지 오랜 시간이 걸렸지. 그동안 미술관에서 출품 의뢰가 올 때마다 계속 거절했어. 그러다 드디어 완성했지. 심혈을 기울여 내 세상을 전부 표현한 그림이야. 한 치의 어긋남도 없이 완벽한 그림이었어. 그런데……."

"내가 찢었다?"

"너 혼자만 내 그림을 인정하지 않았어. 왜지? 이야기를 하면 할수록 네가 나와 가까운 존재임을 알겠는데, 왜 내 그림을 부정한 거야?"

고민하던 끝에 내 생각을 있는 그대로 밝혔어.

"솔직히 말하자면 나도 확실하게는 모르겠어. 다만 그 그림을 봤을 때 주체할 수 없는 증오에 사로잡혔지. 지금 몹시 당황스러워. 그림을 찢은 탓에 이 순간까지 내게 삶의 의미를 부여해온 사고방식이 흔들리기 시작했거든."

그 말에 &는 전에 없이 유쾌하게 웃었어.

"과연, 너도 이해가 안 된다 그거로군. 그럼 자화상을 한 번 더 보고 마음을 확인하면 되겠네. T가 자화상을 보관하고 있어."

"그림을 보고 내 마음을 확인하면 어떻게 되는데?"

"만약 네가 그림을 찢지 않는다면 난 드디어 세상 자체가 될 수 있어. 할 일이 끝나 자유를 얻겠지."

"자유라니, 무슨 뜻이야?"

"알면서 그래. 죽음이야. 가장 아름다운 걸 얻는 거라고."

"죽을 생각이야?"

"네가 없었다면 난 벌써 자유를 손에 넣었을걸."

&는 가방에서 파란 액체가 든 작은 병을 꺼냈어.

"이게 뭔지 알겠어?"

알 턱이 없지. 내가 생각할 틈도 주지 않고 &는 말했어.

"독이야. 마시면 몇 분 안에 잠에 빠지듯이 조용히 숨이 끊어져."

&가 눈을 부릅떴어. 지금까지 온화한 빛을 띠던 눈길에 모든 것을 꿰뚫어 죽일 듯한 예리함이 깃들었지.

"'자화상'이 미술관에 전시된 날, 난 이걸 마시고 이 일그러진 세상에서 해방될 작정이었어. 하지만 그러기 전에 T가 다급한 목소리로 연락해 내 그림이 찢어졌다고 알렸지. 진심으로 웃은 건 태어나서 그때가 처음이야. 얼마나 유쾌했는지 알겠어?"

"모르겠어, &."

"드디어 삶의 보람을 찾은 거야. 내내 죽음만이 내 희망이었지. 그런데 너도 찢을 수 없는 그림을 그리고 싶어졌어. 처음으로 즐겁게 그림을 그렸지. 너와 만나고 나서야 비로소 그림 그리는 게 정말 재미있어졌어. 지금 날 삶으로 내모는 충동. 그건 너조차 찢지 못하는 완벽한 그림을 그리고 이 세상을 떠나고 싶다는 강한 바람이야."

"네 죽음을 막을 수는 없는 거야?"

&는 내 말을 무시하고 말을 이었어.

"승부하자, Q. 난 그림을 그릴 테니 넌 그림을 찢어. 그걸 되풀이하면 정말 굉장한 그림이 나올 거야."

"그런 승부는 하기 싫어. 난 네가 죽지 않았으면 좋겠어."

"그럼 빼지 마. 넌 이 승부를 피할 수 없어. 내 삶을 연장시키려면 네가 그림을 찢는 수밖에 없다고."

"정말로 그 방법뿐이야?"

"내가 바라는 건 그게 다야."

&는 그렇게 말하고 내 앞에 버티고 섰어. 눈 한번 깜박이지 않고 나를 응시했지. 그가 마련한 무대에 오를 수밖에 없겠다고 각오했어.

"알았어. 네 제안을 받아들일게. 다만 조건이 있어."

"뭔데?"

"그 병을 내게 맡겨. 만약 그림을 찢지 못하면 얌전하게 네게 돌려줄게."

"……좋아."

&는 내게 병을 건넸어.

"안녕, Q. 내게는 오늘이 분명 마지막 밤일 거야."

"너무 앞서가지 마. 내일도, 그다음 날도 넌 나랑 만날 거니까."

해가 완전히 졌어. 사위가 옅은 어둠에 감싸였고, 박쥐가 날아다니기 시작했지.

"&, 중요한 걸 안 물어봤네. 왜 그렇게까지 죽음에 끌리는 거야?"

"말하기 싫어. 알고 싶으면 T에게 물어봐. 뭐, T가 이야기해줄지는 모르겠지만."

"T한테?"

"그럼 잘 가, Q."

&는 내게 인사하고 갔어. 그의 뒷모습을 바라보며 이제 물러날 길이 없음을 깨달았지.

고민하며 집으로 돌아갔어.

"어서 오렴."

"잘 다녀왔니, Q"

"다녀왔습니다, 던, 디나."

평소처럼 따스하게 맞아주는 엔디어 씨 부부가 아주 멀게 느껴졌어. 머릿속이 &의 일로 가득해서 전부 건성이었지. 집에 와서 그들과 무슨 이야기를 나누었는지도 기억이 안 나. 정신을 차려보니 모두 잠든 한밤중이더군. 잠이 오지 않아서 테이블에 촛불을 켜놓고 조용히 생각에 잠겼지.

"어쩌면 좋지."

그렇게 중얼거렸을 때 바닥이 삐걱대는 소리가 희미하게 들렸어.

"무슨 일 있니, Q? 표정이 영 어둡구나."

"디나……."

계단을 내려온 사람은 디나였어.

"잠이 안 오면 우유라도 따끈하게 데워줄까?"

"아니요, 괜찮아요. 죄송해요, 저 때문에 깨셨나 보네요."

"어머, 난 계속 깨어 있었는걸."

"예?"

"누구 씨가 집에 온 뒤로 시무룩한 표정을 풀지 않으니 걱정돼서 말이야."

디나는 뭐든지 다 안다는 듯 의기양양한 표정으로 웃었어.

"이야기하기 싫다면 굳이 말 안 해도 된단다. 하지만 걱정거리가 뭔지 말해준다면 정말로 기쁠 거야."

평소 같으면 웃음으로 비위를 맞추며 얼버무렸을지도 몰라. 하지만 이때만은 진심으로 고민했지. 헐

거워진 수도꼭지처럼 입에서 말이 새어 나왔어.

"친구가 이별을 고했을 때, 어떻게 하면 좋을까요?"

"후후후……."

"왜 웃으세요, 디나? 뭐가 우스운데요?"

"아니야. 기뻐서 그래. 너도 그런 일로 고민하는구나 싶어서."

디나는 마치 소녀처럼 웃었어.

"친구와 이별하는 건 괴롭지. 고민하는 걸 보니 넌 여전히 그 아이랑 친구로 지내고 싶은가 보구나?"

나는 그 질문에 고개를 끄덕였어.

"영리한 네게 방도가 없다니, 제법 힘겨운 상대인 것 같네. 맞니?"

"제 친구는 강적이에요."

그 말에 디나는 다시 유쾌하게 웃었어.

"이별을 고하는 데에는 용기가 필요해. 그 아이가 존경스럽구나."

"존경?"

"응, 어렸을 적 일이 생각나네. 내가 몸이 약한 건 알지? 네 병문안도 못 갔잖니. 옛날부터 폐가 안 좋

아서 입원과 퇴원을 반복하며 어린 시절을 보냈단
다."

디나의 과거는 이때 처음으로 들었어.

"병원에서 한 여자애와 친해졌어. 동글동글하니
커다란 눈에, 늘 모자를 쓰고 지냈지. 백혈병이었어.
하지만 그게 무슨 병인지 모르는 내 눈에는 다른 사
람과 다를 바 없이 건강하고 귀여워 보였지. 그 아이
랑 병동을 돌아다니며 온갖 장난을 쳤던 기억이 나
는구나."

"탄산음료를 모르는 사람에게 진저에일을 먹인다
든가?"

"후후, 그래. 그런 식이야. 난 옛날부터 그런 성격
이었나 봐."

"백혈병에 걸린 그 아이가 디나에게 이별을 고했
나요?"

디나는 구슬픈 미소를 띠며 고개를 저었어.

"아니. 사이좋게 지냈던 간호사가 몰래 알려줬어.
그 아이에게 이제 시간이 얼마 안 남았다고. 작별 인
사를 하는 편이 좋겠다는 충고도 곁들였지. 하지만
난 안 믿었어. 건강해 보이는 얼굴로 늘 함께 웃으며

지냈거든. 난 그때 퇴원을 앞두고 있었어. 그 아이가 먼저 축하 인사를 하러 왔지."

"둘이서 무슨 이야기를 하셨나요?"

"평소와 다름없는 잡담이었어. 새로운 장난이 떠올랐다든가, 이번에 온 수련의는 제법 멋지다든가, 그런 이야기. 내일 또 만나는 친구와 나눌 법한 대화. 작별 이야기는 한마디도 나오지 않았어."

그때 테이블 위에서 촛불이 일렁였어. 양초가 녹아서 뭉그러졌더군.

"어렸던 탓인지 용기가 없었어. 소중한 친구가 죽는다는 엄청난 진실을 인정할 용기가. 우리는 마지막에 '또 보자'고 인사했단다. 퇴원하자마자 병문안을 가기로 약속하고, 그 아이를 병원에 남겨둔 채 집으로 돌아왔어. 그게 그 아이와 나눈 마지막 말이었지."

마침내 촛불이 다 타서 꺼졌어.

"그 아이는 일주일 후에 죽었어."

디나는 눈을 감고 과거라는 바닷속으로 깊이 잠수했어. 난 그녀가 기억의 여행에서 돌아오기를 조용히 기다렸지.

"네 친구잖니. 그 아이도 총명할 거라 믿어. 아무 생각도 없이 Q에게 이별을 고하지는 않았겠지?"

"그럴 거예요."

"미안하지만 쓸모 있는 충고는 할 줄 몰라. 다만 네가 나와 같은 후회를 맛보지 않기를 바라는 마음으로 한마디만 할게."

디나는 어둠 속에서 자신의 손을 내 손에 살짝 포갰어.

"부디 Q에게 진실에 눈을 뜰 용기가 샘솟기를. 두려워하지 말고 진실을 똑바로 바라보렴."

어두워서 거의 아무것도 보이지 않았어. 하지만 디나가 내 눈을 쳐다보며 이야기한다는 건 어쩐지 알겠더군.

"디나, 고마워요."

"조금이나마 도움이 됐으려나."

"네, 정말 큰 도움이 됐어요."

"그럼 이제 내가 걱정할 일은 없겠네. 잘 자렴, Q."

"안녕히 주무세요."

디나는 자기 방으로 돌아갔어. 손안에 디나의 체온이 희미하게 느껴졌지. 온기가 분명히 남아 있었어. 그게 사라지지 않도록 주먹을 꽉 움켜쥐었어.

"진실에 눈을 뜰 용기야 샘솟아라."

호주머니에서 그림 조각을 꺼냈어. 어린 금발 소년의 눈동자를 똑바로 바라봤지. 기도를 올리듯이 마음을 담아 다시 말했어.

"진실에 눈을 뜰 용기야 샘솟아라."

더 이상 아무것도 두렵지 않았어.

노트는 거의 종반에 접어들었다.

"'&는 다음 날······.'"

K가 갑자기 입을 다물었다.

"경감님, 왜 그러세요?"

말을 걸어도 K는 침묵을 지켰다. G는 난처한 듯 고개를 돌려 바깥 풍경에 눈길을 주었다.

"곧 날이 저물겠군요."

도로를 달리는 차들이 석양빛으로 물들었다. 해는 느릿느릿 기울며 땅에 조금씩 어둠의 커튼을 쳤다. 동그란 해가 지평선 너머로 사라지기 직전, 드디어 K가 입을 열었다.

"여기서 이야기를 끝맺는 것도 용기라면 용기겠

지."

그 말에 G는 가볍게 웃었다.

"경감님답지 않게 무슨 말씀이세요."

K는 응수하지 않았다.

"죄인은 스스로 초래한 악을 정화하기 위해 심판받아야 해. 단죄란 어리석은 우리를 구원하기 위한 행위야."

K는 혼잣말처럼 중얼거렸지만, 오랜 세월 알고 지낸 G는 그 뜻을 이해했다.

"A를 죄인으로 심판해본들 아무 구원도 없다?"

"여기서 더 나아가면 우리는 선택에 직면할 거야. 지금이라면 법을 어긴 범죄자에게 죄를 묻는 일개 경찰관의 입장에 머무를 수 있어."

"만약 다 읽으면요?"

"우리가 물음을 당하는 입장에 서겠지."

"그건…… 직무를 초월해 한 인간으로서 이 이야기와 마주할 각오가 있느냐는 말씀이십니까?"

K는 눈을 감고 침묵했다. 침묵이 곧 긍정임을 G는 잘 알고 있었다.

"경감님, 제가 진실을 알면 고뇌에 빠질까 봐 걱정

하시는 거죠? 경감님과 함께라면 바른 길을 잃지 않
으리라 믿습니다."

K는 눈을 뜨고 G의 옆얼굴을 바라보다 힘이 빠진
것처럼 웃었다.

"자네는 정말 좋은 사람이야."

"압니다."

둘은 마음 편히 웃었다. K는 다시 노트를 펼쳐 들
고 읽어나갔다. 이야기의 마지막 막이 올랐다.

&는 다음 날 학교에 오지 않았어. 나는 그에게 들
은 대로 그림을 보관 중이라는 T를 찾아갔지. T는
자기 책상에서 편지를 정리하고 있었어.

"T 선생님."

"어머, 엔디어. 무슨 일이니?"

"오늘 &는 결석이군요."

"그런가 봐. 그나저나 너희는 정말로 사이가 좋구
나. 깜짝 놀랐어."

"그렇게 놀랄 일인가요?"

"&가 다른 사람과 그만큼 시간을 함께 보내는 모
습은 처음 봤거든. 네가 어지간히 마음에 들었나 보

다."

"선생님은 오래전부터 &를 알고 계셨군요."

"응, 맞아. &는 내 동생이니까."

"예?"

"한 핏줄은 아니지만. 그 아이한테 못 들었니?"

"그런 이야기는 전혀……."

"분명 말하기 싫었겠지. 별로 재미있는 이야기도
아니고."

"&는 자신에 대해 알고 싶으면 T 선생님께 물어
보라고 했어요."

"그 아이가 그러던? 확실해?"

"네."

"뭐가 궁금하니?"

"그 그림요."

"그냥 그림이라고 하면 내가 알겠니?"

"'자화상'요."

T는 그제야 펜을 놀리던 손을 멈췄어.

"어째서 '자화상'에 대해 알고 싶은데?"

나는 호주머니에서 그림 조각을 꺼냈어.

"이건……."

"그날 미술관에서 &의 그림을 찢은 건 저예요."

"아아, 네가……."

"화 안 내세요?"

"미술관에서 연락을 받았을 때는 불같이 화를 냈지. 하지만 지금은 아니야. 오히려 네가 고마울 정도란다. 어째서인지 그 그림이 찢어지고 나서 &가 활기에 넘쳤거든. &가 다음에 그린 그림은 완벽했어. 마무리하기 전에 한 번 봤는데 몸이 벌벌 떨릴 지경이더라고. 다음 전시회 때 만끽하려고 그 그림은 아직 뜯어보지 않았어."

T는 방구석에 놓인 하얀 천 꾸러미에 뜨거운 시선을 던졌어.

"왜 제목이 '자화상'이죠? 그림 속의 어린 금발 소년은 &와 전혀 닮지 않았는데요."

"그렇지. &는 아름다운 흑발이니까."

"그 소년은 누구죠?"

"그건 & 본인이 아니라 &가 15년 동안 연기해온 사람이야."

"연기라고요?"

"엔디어, 정말로 듣고 싶니? 일단 시작하면 돌이킬

수 없는데?"

"꼭 알아야만 해요."

T는 의심스럽다는 눈으로 나를 봤어.

"정말? 저주받은 사람의 마음을 알려면 똑같이 저
주받는 수밖에 없어. &의 깊은 내면에서 소용돌이
치는 일그러진 세상에 몸을 던질 각오가 있을까, 네
가 그럴 만한 그릇이 돼?"

T는 그런 말로 마음에 벽을 만들었지. 여기서 포
기할 수는 없었어. 못처럼 뾰족하고 단단한 말을 하
나씩 박아 넣으며 T가 만든 벽을 올라갔어.

"이제 와서 저주 한두 개쯤 늘어난들 제가 짊어진
짐이 더 무거워지지는 않아요."

"진실을 알고 &를 떠나는 너를 경멸하면 되려나."

비웃듯 쳐다보는 T에게 나는 최대한 차분하게 말
했어.

"뭐가 어찌됐든 &를 받아들일 거예요. 그리고 T
선생님도요."

"나도?"

T의 눈동자가 흔들리는 것 같더군.

"당신도 &와 깊이 연관된 사람이니까요. 저는 &

를 잃기 싫어요. 단지 그뿐이에요."

오랫동안 T와 눈싸움을 벌였어. T가 천천히 눈을 내리뜨고 입을 열었지.

"우리 가족의 과거를 알려줄게. 뭐부터 말하면 될까. 그래. 내 아버지가 누구인지 아니?"

"왜 그런 이야기를?"

"군말 말고 질문에 대답하렴."

"모르겠어요."

"&가 스폰서라고 부르는 남자야."

"시장?"

"정답. 난 시장의 딸이야. 학교에서는 교장 선생님 말고 아무도 몰라. 하기야 그 남자를 진심으로 아버지라 여긴 적은 한 번도 없지만."

"일그러졌으니까?"

"내가 & 같은 눈을 가졌다면 그렇게 표현했겠지. 권력과 욕망의 노예로 전락한 그 남자는 모든 것이 거짓으로 차 있어. 예술에는 털끝만큼도 흥미가 없지만 인맥에는 흥미가 있지. 그래서 돈을 내주는 거야."

"잠깐만요. 당신 말대로라면 &의 아버지도 시장

인 셈인데요."

"그 남자에게는 정부가 있었어. &는 그 여자와의 사이에서 태어난 아이야. 아버지는 사생아의 존재가 들통나서 입장이 위태로워질까 봐 겁냈어. 그래서 &를 죽였지."

"예?"

"&를 죽였다고."

"그게 무슨 말씀이세요?"

"엄밀하게 말하자면 &라는 인간은 한참 전에 이 세상에서 사라졌어. 그는 15년 전에 죽었어. 내 아버지가 죽였지. 어떻게 처리했는지는 모르겠지만."

"그럼 제가 아는 &는 누구인가요?"

"정부가 어디선가 납치해 데려온 아기야."

"납치했다고요?"

"아버지는 여자 몰래 아기를 버렸어. 여자는 혼자서라도 키울 생각이었기에 그 말을 듣고 발광했지. 자기 아이를 찾아 거리를 배회하다가 웬 아이를 데리고 돌아왔어. 여자는 이름도 없는 그 아이를 키우겠다며 고집을 피웠고 아버지는 당연히 길길이 화를 내며 원래 있던 곳에 아기를 돌려놓으려고 했지만,

이미 경찰이 출동하는 사태로 발전했어. 일의 전모가 밝혀지면 아버지는 애써 쌓아 올린 낙원에서 추방돼. 그래서 하는 수 없이 아이의 호적을 위조해 정부와 함께 사람들의 눈에서 감추기로 한 거야. 그 아이는 거의 유폐된 거나 다름없는 환경에서 미쳐버린 어머니와 단둘이 어린 시절을 보냈지."

"그렇게 참혹한 이야기를 어쩌면 그렇게 담담하게 할 수 있는 거죠?"

"내가 망가지지 않으려고."

T는 한마디 불쑥 내뱉었어.

"시장이 가끔 그 가짜 모자를 보고 오라고 명령했지. &라는 이름은 여자가 자기 친자식에게 붙인 이름이야. 사람과 사람을 연결하라는 의미를 담았다나. 납치된 가짜 &는 유리처럼 한없이 투명하고 아름다운 소년으로 성장했어."

T는 탁한 눈으로 말을 이었어.

"나는 그 무렵 아직 학생이라 자립할 만한 경제력을 갖추고 있지 않아서 꼴도 보기 싫은 아버지와 거리를 둘 수 없었어. 그는 기분이 언짢으면 내게 화를 풀었지. 피가 날 때까지 때리고 차고, 내 몸에……

내 몸에……."

T는 떨리는 몸을 감싸 안았어.

"거역할 수 없었어. 분노보다 공포에 지배당했지. 솔직히 지금도 그래. 보이지 않는 사악한 쇠사슬로 그 남자에게 묶여 있어. 더럽혀지고 빈껍데기가 된 난 사랑을 갈구했지. 가장 아름답고 깨끗한 뭔가를. 그리고 내 곁에는 &가 있었어. 그래서 &를……."

"&를?"

내가 물었을 때 T는 기억 속에서 되돌아와 정신을 차렸어. 쏟아져 나오는 말을 막으려고 입을 손으로 눌렀지. 하지만 이미 늦었어. 방금 전 그 말로 T와 & 사이에 무슨 일이 있었는지 충분히 이해하고도 남았으니까.

"당신은 아직 어린 &를 더럽혔어. 시장이 당신에게 그랬듯이. 그래서 &는 당신을 두려워한 거야."

T가 몸을 벌벌 떨더군. 방금 전까지 창백하던 얼굴이 순식간에 벌겋게 물들었어.

"그래, 맞아. 나보다 약하고 깨끗한 존재를 더럽히는 것 말고는 하루하루를 살아낼 방법이 없었어. 만약 안 그랬다면 난 죽었겠지. 난 아무 잘못 없어. 내가 지금까지 아무 도움도 없이 얼마나 모진 괴로움을 겪으며 살아왔는지 하나도 모르면서. 네게 날 비난할 권리는 눈곱만큼도 없다고."

흥분했는지 T의 말이 빨라졌어.

"진정하세요, 선생님. 비난하는 게 아니에요. 그냥 진실이 알고 싶을 뿐이라고요. 그다음에 무슨 일이 있었는지 들려주세요."

"아버지는 어머니를 버리고 젊은 여자와 결혼했어. 그저 명문가 출신인 어머니의 권력을 이용하고 싶었던 거지. 그 남자는 어머니를 사랑하지 않았어. 지금은 젊은 아내와 오순도순 살고 있지. 그 여자가 낳은 아기가 귀여워 죽는다나 봐. 일가를 통째로 갈가리 찢어 개밥으로 던져주고 싶은 기분이야."

"시장의 후일담이 아니라 &에 대해 듣고 싶어요."

"&는 자기가 진짜 &라고 믿으려 했어. 여자는 자기가 원하는 이상적인 아들과 현실의 & 사이에 조금이라도 차이가 나면 가만있지 않았어. 바로 신경질을 부리며 &를 때렸지. &는 여자의 인형이었던 거야. &는 여자의 기대에 부응하기 위해 스스로를 속이고 연기를 계속했지. 그 무렵부터 &가 그림을 그리기 시작했던가. 난 즉시 그의 엄청난 재능을 알 아봤어."

"&는 지금도 가짜 어머니와 살고 있나요?"

"응."

"&는 그림 그리기가 일이라고 했어요."

"일이라기보다 사명이지. 그 아이는 천재야."

"할 일이 끝나면 자유로워진다. 죽는다고 했는데 요."

"그렇겠지. 그림을 보면 알아."

"말릴 생각은 없으세요?"

"본인이 바란다는데 내가 어쩌겠니. &는 죽을지 도 모르지. 하지만 그 아이가 그린 그림은 분명 후세 에 남을 거야. 그 아이의 그림이 어찌할 수 없는 운 명 속에 빠진 내게 살아갈 힘을 줬어. &의 멋진 그 림은 날 구원해줘. '자화상'을 보면 얼마나 행복한지 몰라. 그 그림만이 내 빛이야. 난 &가 '자화상'을 완 성시키기 위해 태어났다고 믿어. 그리고 나 역시 그 를 돕고 이끌기 위해 태어났고. 분명 그거야. 그래야 해. 그렇게 믿음으로써 지금까지 목숨을 연명해왔 어. 난 그 아이의 그림을 진심으로 사랑해."

더 이상 T의 이야기를 못 들어주겠더군.

"이제 됐어요. '자화상'을 보여주세요."

"봐서 어쩌려고?"

"몰라서 물으세요? 찢을 거예요."

내 말에 T는 눈초리를 치켜세우며 위협하는 표정을 지었어.

"그건 절대로 안 돼."

"왜 거부하죠? 겁낼 것 없잖아요. &의 그림이 완벽하다면 저도 못 찢을 테니까요."

"아니, 넌 예외야, 큐 엔디어. 처음 만나 네가 9라고 불러달라고 했을 때, 언젠가 내게 불행을 초래할 것 같은 예감이 들었어. 그 예감이 지금 확신으로 변했어."

"전 &와 약속했어요. 승부하기로 했다고요. 제가 &의 그림을 찢으면 그는 죽지 않아요. &가 죽는 건 싫어요. 보세요. 이건 &가 가지고 있던 독이에요. 제가 그림을 찢지 않으면 그는 이걸 마시고."

"독? 좀 보여줘. 아니야, 이건 그림물감이야."

나는 믿기지 않는 기분으로 부정하려 했어.

"그림물감? 말도 안 돼요. &의 눈빛은 진심이었다

고요. 농담일 리 없어요."

그때 문이 열리고 교감이 예사롭지 않은 안색으로 들어왔어.

"T 선생님. 급한 안건입니다. 빨리 교무실로."

"무슨 일이죠?"

"선생님이 담당하는 미술부원이 자살을 시도했어요."

"그런……."

나는 T가 동요한 틈을 타 자화상에 손을 뻗었어.

"야, 손대지 마!"

나는 T의 경고를 무시하고 주저 없이 하얀 천을 풀었지.

"역시."

"이건 뭐야. 왜 '자화상'이 아니지?"

그 그림은 우리가 처음 만난 날, &가 그려준 내 초상화였어. 초상화 뒤쪽에 봉투 하나가 끼워져 있더군. 앞면에는 지도가, 뒷면에는 'Dear Q'라고 적혀 있었어.

"&의 편지다."

나는 방을 나서서 뛰었어.

"야, 도대체 어쩌려고? 기다려, 엔디어! 기다리라
니까!"

난 교문을 빠져나와 거리를 달렸어. 지도를 따라
나아갔지. 이윽고 거대한 저택이 늘어선 주택가가
나왔어. 나는 달리면서 &의 편지를 펼쳤어.

친애하는 Q에게

Q, 나야. T에게 내 이야기를 들었을까. 만약을 위
해 설명해둘게. 사실 &는 내 이름이 아니야. 내게는
이름이 없어. 어렸을 적에 한 여자와 좁은 방에 갇혀
살았지. 그 여자가 어머니인 줄 알았어. 가끔 보러
와서 식료품과 생활용품을 두고 가는 사람을 누나라
고 믿었고. 하지만 그녀에게 몹쓸 짓을 당하고는 아
무래도 아닌가 보다 싶었지. 세상이 일그러져 보인
건 그때부터야.

난 늘 &라는 전혀 다른 사람을 연기해. &는 내 어
머니라 칭하는 여자의 마음속에만 존재하는 인간이
야. &는 옛날에 시장에게 버림받아 죽었다는데, 어
머니는 그 사실을 받아들이지 못해. 내가 &여야 하
는 거야. 난 &로서 인생을 살게끔 강제로 교육받았

어. 그 인생에서 달아날 수가 없네. 일전에 학생을 녹여서 틀에 넣어 찍어내면 훌륭한 인간이 완성된다는 비유를 네게 했었지. 난 &라는 틀에 넣어져서 봉인됐어. 결국 완벽한 &는 되지 못했지.

마지막에 네게 두 가지 거짓말을 했어. 하나는 그림물감을 독이라고 한 것, 또 하나는 두 번째 '자화상'이 있다고 한 것. 왜 제목이 '자화상'인지 말해줄게. 너와 처음 만났을 때 내가 '옛날부터 이상한 물체가 보이거나, 물체가 이상하게 보이곤 했지'라고 한 거 기억나? 물체가 어떻게 이상하게 보이는지는 설명했지만, '이상한 물체'가 뭔지는 알려주지 않았어. 답을 말하자면 이상한 물체는 '자화상'에 그린 어린 금발 소년이야. 내게는 그가 언제나 실제로 있는 것처럼 보여. 어머니가 &에 관해 들려주며 그대로 행동하기를 강요하는 사이에 어느덧 그가 나타났어. 그는 내가 상상하는 진짜 &야. 그래서 그를 그릴 때는 제목을 반드시 '자화상'이라고 붙였지. 나는 줄곧 그가 되고 싶었어.

너와 만난 뒤로 정말 즐거웠어. 네가 그림을 찢어준 덕분이야. 솔직히 말하자면 기뻤어. 완벽한 그림이었지만 그 속에 내가 있을 곳은 어디에도 없었거든. 사람들이 그림을 칭송하면 할수록 나는 고독해졌지. 그랬으니 누가 그림을 찢었다고 들었을 때 내가 얼마나 놀랐는지 알겠니? 참 용기 있는 사람이구나 싶었어. 난 그저 절망하여 죽음만 애타게 바랄 뿐, 세상에 분노를 표출할 생각은 꿈에도 못 해봤거든.

네가 준 용기에 힘입어 마지막에 작은 복수를 하면서 이 연극의 막을 내리려고 해. 넌 살라고 하겠지만, 난 이미 한계야. 계속 견뎌왔으니 이제 편해져도 되겠지? 난 이 일그러진 현실에서 해방되고 싶어.

네게 이 편지를 쓰는 건 다름이 아니라 내 복수를 도와줬으면 해서야. 부탁할 사람이 너밖에 없어. 그렇다고 대단한 일은 아니고. 지도에 표시된 우리 집에 가서 어머니에게 '&는 죽었다'고 딱 한 마디만 해주면 돼. 지금까지 내가 하지 못했던 말이야. 그 한 마디로 어머니가 쌓아 올린 연약한 유리 세공 같은 가짜 세상은 산산이 깨져서 사라지겠지.

어머니에게 '현실'은 절망이나 다름없어. 어머니는 사랑하는 아들을 잃은 피해자야. 하지만 언제까지고 피해자 입장에 안주하다 보면, 어느 틈엔가 사람은 가해자가 되지. 더 이상 어머니를 동정할 수만은 없어. 넌 사실을 말할 뿐이니 아무 문제도 없겠지. 열쇠는 동봉할게.

내가 할 일도 정해놨어. 시장 집에서 네게 주지 않은 진짜 독을 먹고 죽을 작정이야. 이번 일이 만천하에 드러나면 그는 파멸하겠지. 그는 언제나 그랬듯이 사건을 무마하려고 할 거야. 어쩌면 어머니에게도 손댈지 몰라. 하지만 그가 경찰과 언론을 포섭할 수 있는 가능성은 50퍼센트라고 생각해. 이 확률에 걸어보려고.

그 초상화는 네게 줄게. 받아주면 기쁘겠다. 지금도 설명을 잘 못하겠어. 왜 너는 내 시야에서 일그러지지 않는 걸까. 내 상상 속의 &를 제외하면 일그러지지 않는 건 너뿐이야. 왜일까.

마지막으로 한 번 더 고마워. 네 덕분에 내 삶이 조금 길어졌어.

그건 이름 없는 내가 살면서 유일하게 내 것으로 간직할 수 있었던 시간이었어. 고마워, Q. 안녕.

이름 없는 네 친구가

지도를 따라 달렸어. 오로지 달리고 또 달렸지. 편지를 읽으면서 중얼거렸어.

"&, 아니야……. 네게는 이름이 있어……. 난 네 이름을 알아……. 지금이라면 아직 늦지 않았어……."

숨이 턱까지 차서 콜록거렸지. 지금까지 보내왔던 나날이, 기억 속 말들이 선으로 연결됐어.

던은 이렇게 말했어.

―귀여운 우리 아들은 어릴 때 유괴됐어.

T는 이렇게 말했고.

―정부가 어디선가 납치해 데려온 아기야.

&의 이름은?

―에덴. 에덴 엔디어. 올해로 열다섯 살. 너랑 동갑이지.

그래, 그는. 가슴속에서 말이 용솟음쳤어.

"&……. 아니, 에덴. 너는 사랑받았어. 엔디어 씨 부부는 지금까지 널 계속 기다렸다고. 아무리 찾아도 발견될 리가 있나. 시장이 손을 썼으리라 누가 의심하겠어. 난 지난 한 달간, 네 것이어야 할 행복한 가정에서 살았어. 네가 있어야 할 곳을 빼앗은 거야,

&, 에덴. 네가 없으면 난 외로워. 외롭다고."

지도에는 작은 콘크리트 건물이 표시되어 있었어. 정면 대문은 닫혀 있었지만 나는 망설임 없이 뛰어넘어 문패가 없는 그 집 문손잡이를 돌렸지. 어스름한 복도를 똑바로 나아갔어.

"누구야?"

복도 안쪽 작은 방에 막대기처럼 삐쩍 마른 여자가 보였어. 안락의자에 앉아 포대기로 감싼 인형을 다정하게 쓰다듬고 있더군. 얼굴이 가려질 만큼 금발이 길었어.

"당신 아들의 친구예요."

"&의 친구? 어머, 잘 왔어."

그렇게 말하며 웃는 여자의 눈은 초점이 없고, 허무로 가득했어.

"당신에게 전할 말이 있어서 왔어요."

"뭔데?"

"&는 죽었어요."

"지금 뭐라고 했니?"

"&는 죽었다고 했어요."

여자는 머리카락이 흔들리도록 고개를 세게 내저

었어.

"무슨 헛소리니. &는 여기 있는걸. 자, 보렴. 내 품에서 곤히 잠들었어. 귀엽지?"

여자는 품에 안은, 머리가 반쯤 빠진 인형을 기쁜 듯이 내게 보여줬어.

"그건 &가 아니에요."

"& 맞아. 이 포대기가 아니면 늘 칭얼거리지. 이제 너덜너덜한데도 이게 있어야 해."

"포대기?"

인형을 감싼 작은 포대기를 자세히 봤어. 색깔, 무늬, 풀린 실밥. 틀림없이 내가 아는 물건이었어. 그날 성당에서 불태운 추억의 물건과 똑같았지.

바로 그때 무서운 의문에 다다랐어.

"시장이 &를 버렸죠?"

공허한 눈빛으로 현실을 거부하는 여자의 의식을 어떻게든 부여잡으려고 일부러 강하게 물었지.

"그렇게 무서운 일은 없었어."

여자가 고개를 젓자 머리카락이 흔들렸어. 나는 내내 마음에 걸렸던 생각을 말했어.

"당신의 긴 머리, 아름다운 황금색이네요. 이 지방

에서는 보기 힘든 색이래요."

여자는 그제야 날 본 것처럼 놀라서 말했지.

"어머, 너도 나랑 같은 색이구나. 반가워, 이런 곳에서 동향 사람과 다 만나네."

얼빠진 여자의 말에 힘이 쭉 빠져서 그저 멍하니 서 있었어. 머리로는 이미 답을 도출했지만 마음이 강하게 거부했지. 토할 것 같았지만 간신히 참았어.

"이런 우연이 있다니. &는 언제나 나와 함께 있었어. 늘 여기에 있었어."

나는 그렇게 말하고 가슴에 손을 댔어.

"그럼, 내가 내내 품에 안고 있었는걸."

"그게 아니에요. &는 성당에 버려졌어요. 결코 죽은 게 아니라고요. 왜냐하면 살아서 지금 여기에 있으니까."

"&를 버리다니, 그런 끔찍한 소리는 꺼내지도 말렴."

"머리 색깔도, 포대기도 똑같아요. 지금 눈앞에 잃어버린 당신 아들이 있다고요. 그걸 모르겠어요?"

여자는 멀뚱한 표정으로 내 얼굴을 빤히 보다가 중얼거렸어.

"난 너 같은 애 몰라."

마음이 납작하게 찌부러지는 소리가 들렸어. 기억의 문이 열렸지. 예전에 했던 생각이 머리를 스쳤어. 바라는 건 손에 넣기를 포기했을 때, 혹은 더 이상 필요 없어졌을 때 갑자기 나타나. 실밥이 풀린 작은 포대기, 황금색 머리의 여자. 여자는 틀림없이 내 어머니였어. 일순간 시간이 되감겼지. 부모와 재회하기를 바라며 포대기를 끌어안았던 어린 날의 기억이 되살아났다가 허무하게 죽어갔어. 시야가 잠깐 일그러졌어. 비로소 &의 기분을 이해하겠더군.

"아니, 그게 아니라 &는 나인가……."

시장이 성당에 버린 나를 엔디어 씨 부부가 거두었어. 에덴은 어머니에게 납치되어 내 대용품으로 키워졌고, 우리는 각자 있어야 할 곳이 뒤바뀌었어. &의 시야에서 유일하게 나만 일그러지지 않은 건, 내가 &였기 때문이야.

"엔디어!"

그때 나를 쫓아온 T가 집 안으로 뛰어 들어왔어.

"그 사람에게 아무 짓도 안 했겠지."

"'무슨 짓'을 당한 건 저였어요, 누나."

나는 힘없이 웃었어. T는 곤혹스러운 기색이더군.

"왜 날 누나라고 부르지?"

"&와 Q 사이에는 아무 차이도 없으니까요."

비아냥거릴 요량으로 T를 누나라고 불렀어. 하지만 기분은 전혀 나아지지 않더라. 그저 이 얄궂고 공허한 현실과 참으로 무력한 나 자신이 부각될 따름이었지.

"……웬 귀신 씻나락 까먹는 소리니."

혼란의 소용돌이에 빠질 것 같아 죽을힘을 다해 발버둥 쳤어. 난 Q일까 아니면 &일까? 친구와 어머니 어느 쪽을 선택할까? 지금의 내게 정말로 소중한 것이 무엇인지는 처음부터 명확했어.

"T, 시장의 집은 어딘가요?"

"왜?"

"&가, 그가 거기 있어요. 이 편지를 보세요. 그는 시장 앞에서 죽을 작정이에요. 지금이라면 말릴 수 있어요. 저를 시장 집에 데려다주세요."

"하지만 그건……."

"만약 이 사건이 밝혀지면 당신도 무사하지는 못할걸요."

"……알았어. 차에 타."

고개를 끄덕이고 나가려는데 어머니가 인형을 보여줬어.

"저기, 얘. 또 &를 만나러 오렴."

나는 내 기분을 있는 그대로 입에 담았어.

"반드시 만나러 갈게요."

T의 차를 타고 시장 집으로 향했어. 길이 뻥 뚫려서 10분도 안 걸렸지. 시장의 저택은 거대한 요새 같아 보였어. 대문을 열고 들어가자 현관문이 활짝 열려 있더군. 우리는 고민할 틈도 없이 시장 집에 들어갔어. 복도에 트로피와 표창장이 잔뜩 진열되어 있었지.

나와 T는 개인의 집이라기에는 너무나 긴 복도를 지나갔어. 그 끝에서 우리는 공포와 혼란에 빠져 바닥에 주저앉아 벌벌 떨고 있는 시장의 젊은 아내와, 그녀 품속에서 까무러치게 울고 있는 아기, 그리고 바닥에 큰 구멍을 뚫고 삽으로 묵묵히 땅을 파고 있는 시장을 목격했어.

구멍 옆에 그가 있었지. 방금 전까지 &였던 그것

은 미동도 없이 바닥에 누워 있었어. 늦었어. 구하지 못했어. 쓰러진 &를 본 순간, 찌르는 듯한 통증이 가슴을 꿰뚫고 눈앞이 새하얘졌지. 무릎에서 힘이 빠져 주저앉을 뻔했지만 간신히 버텼어. 낙담과 실의에 빠져 의식이 멀어지려는 찰나, 정신없이 구멍을 파던 시장이 그제야 이쪽을 보더군.

"T, T구나! 마침 잘 왔다. 그 소년은 누구지?"

&에게서 눈을 떼지 못해 묵묵부답인 나를 대신해 T가 대답했어.

"저희 학교 학생이에요."

시장은 나를 유심히 바라보다 고개를 끄덕였지.

"그렇군, 둘 다 와서 도와. 이걸 보라고."

시장은 발치에 누운 &를 발로 가리키고 침착한 목소리로 사정을 설명했어.

—쓰다.

그 목소리를 들은 순간부터 혀가 저릿하고, 몸 안쪽에서 증오의 화염이 넘실댔지.

"이 녀석이 우리 집에 멋대로 들어오더니만 독을 먹고 죽었어. 그 희한한 그림이나 계속 그리면 될 걸 가지고. 참 딱한 녀석이야."

시장이 입을 열 때마다 쓴맛은 더욱 강하게 내면을 잠식했어. 혀가 이렇게 저릿한 이유는 명백했지.

"학교에 연락했더니 교장이 아니라 교감이 받더군. 교감은 요주의 인물이라고 귀에 딱지가 않도록 말했건만. 심약한 주제에 오지랖은 넓은 위선자가 제일 골치 아파. 이 사건을 비밀로 묻어야 하니 그는 전근을 보내야겠군. T, 네 도움도 필요해. 학교에는……. 그렇지. 이 녀석은 마음의 병을 치료하기 위해 입원한 걸로 하자. 옛날부터 이상하기 짝이 없는 녀석이었으니까. 분명 아무도 의심하지 않을 거야."

이다음에 무슨 일이 일어날지 조용히 깨달았어. 한 번만 더 거행하는 거야. 죄 없는 아이를 나무에 매달고, '자화상'을 찢었던 때처럼 증오를 해소하기 위한 '의식'을. 분명 마지막 의식이겠지. 살면서 이보다 더 큰 분노가 끓어오를 일은 두 번 다시 없을 테니. 내게 &보다 소중한 건 없어. 지금까지도, 앞으로도 영원히.

"네 친구를 장사 지내는 걸 도와다오. 내가 판 구덩이에 묻는 거야."

―아니야. 묻혀야 하는 건…….

"너야!"

나는 힘껏 고함을 지르며 불타오르는 쓰디쓴 증오에 몸과 마음을 맡겼어. 한 치의 망설임도 없이 복도에 진열된 트로피를 집었지.

"대체 무슨……."

혼신의 힘을 다해 시장의 머리를 내리쳤어. 고개를 돌려 나를 쳐다본 시장의 목이 홱 구부러졌지. 하지만 어렸던 탓인지 죽이기에는 힘이 부족했어.

"이 새끼……."

시장은 지금까지 쓰고 있던 침착함의 가면을 벗고 핏발 선 눈으로 내게 덤벼들었어. 어마어마하게 강한 힘으로 목을 졸라서 숨을 못 쉬겠더군. 손에 감각이 사라지자 트로피가 묵직한 소리와 함께 바닥에 떨어졌어. 난 체중에 짓눌려 서서히 무너져 내렸어. 시장의 머리에서 흐르는 피가 내 뺨을 타고 흘러내렸어.

"T, 죽여! 내가 붙잡고 있을 테니 죽이라고. 빨리!"

의식이 몽롱해지는 가운데 간신히 T에게 눈길을 줬어. T는 떨리는 손으로 트로피를 주워 쥐어짜내는 듯한 목소리로 말했지.

"맞는 말이야."

우리에게 천천히 다가와 트로피를 거머쥐었어. 시장은 그 모습을 보고 만족스레 웃었지.

"그래, 바로 그거야. T, 역시 내 딸답다. 자, 빨리 죽여……."

"죽어야 하는 건."

트로피를 높이 쳐들었다가 중력을 더해 내리쳤어.

"……너야."

한순간 온 세상의 시간이 멈춘 것 같았지. 두개골이 깨지는 소리가 들릴 만큼 결정적인 일격을 당한 시장은 더 이상 아무 말도 없었지. 시장은 의식을 잃고 자기가 판 구덩이로 굴러떨어져서 옴짝달싹도 하지 않았어.

난 시장의 손아귀에서 풀려나자마자 바닥에 쓰러져서 콜록거렸어. T는 트로피를 내던지고 비틀거리며 풀썩 무릎을 꿇었고, 딸에게 배신당한 충격이 컸는지 시장은 눈을 부릅뜬 채 죽었더군. 겨우 기침이 멎자 말이 나오더라.

"왜 그랬어요, T. 당신까지 살인자가 될 필요는 없었는데."

T는 숨을 헐떡이며 간신히 대답했어.

"이제 한계야. 실은 나나 &가 좀 더 빨리 이랬어야 했어. 지금까지 용기가 나지 않았지만, 오늘부로 전부 끝났어."

나와 T는 & 대신 구덩이에 들어간 시장 위에 흙을 덮어서 완전히 묻었어. T는 울더군.

난 방구석에 주저앉아 떨고 있는 시장의 아내에게 다가갔어.

"저는 당신 남편을 죽였어요. 하지만 당신 남편은 제 친구를 궁지에 몰고 괴롭힌 것도 모자라 죽음까지 모독했죠. 그가 무엇보다 사랑한 죽음을 말이에요."

시장의 아내는 겁이 났는지 몸을 웅크렸어. 내 이야기가 전혀 귀에 들어오지 않는 것 같더라고. 주문을 외듯이 몇 번이고 같은 말만 중얼거렸지.

"난 잘못 없어……. 난 잘못 없어……. 죽이지 마세요……. 죽이지 마세요……."

"알겠어요, 다만 당신 아기는 데려갈게요. 아이와 목숨, 둘 중 하나만 선택하세요."

"뭐……."

그제야 나를 똑바로 쳐다보더군.

"안 죽여요. 당신 대신 키울 거예요. 당신 남편은 자기 아들을 성당에 버렸죠. 그때 그도 죽이지는 않았어요. 결국은 그 탓에 오늘 자식들에게 죽었지만요."

"엔디어…… 너, 설마……."

"자, 어떻게 하실래요?"

시장의 아내는 겁에 질려 덜덜 떨면서 천천히 양손을 뻗어 아기를 내밀었어.

"몹쓸 것. 평생 저주나 받아라."

"날 때부터 저주받은 몸이에요."

"뭣 때문에 내 아기를 데려가려는 거지?"

"언젠가 이 아이에게 도움을 받으려고요."

"또 사람을 죽이려고?"

살인자에게 키워진 아이가 같은 말로를 걷는 모습이 상상됐는지 아이 어머니의 눈에서 빛이 확 사그라졌어.

나는 그녀가 바란다면 언제든지 아이를 포기할 작정이었어. 다음 말이 이어지기를 기다렸지만 결국 그녀는 자기 목숨을 대신 내밀지 않았지.

"이제 다 싫어……. 내 눈앞에서 사라져……. 지금 당장."

그녀는 모든 걸 거부하듯 눈을 감고 귀를 막았어. 이제 할 말은 더 없었지.

"T, 가죠."

"그 아이를 키우겠다니 진심이야?"

"진심이에요. 여기에 있는 것보다는 훨씬 낫겠죠."

신기하게도 내가 안자 아이는 울음을 그쳤어. 아이를 안고 바닥에 쓰러진 친구를 봤지. 아무리 봐도 그저 편안하게 잠든 것처럼 보이더라. 정말로 숨을 거두었는지 다가가서 확인하고 싶었지. 하지만 그건 결코 해서는 안 되는 짓이었어.

"가죠."

"하지만 &는……."

난 다시 한번 분명하게 말했어.

"그는 더 이상 &가 아니에요. &를 벗어나 Q가 됐으니까요. 여기에 두고 가요."

생각났어. 미술실에서 처음 만난 날 그가 그린 원과 곡선이. 그가 자아낸 소중한 말 한 마디 한 마디가.

―봐봐. Q라는 글자는 마치 이 완결된 선이 달아

날 수 없는 O의 운명에서 빠져나와 한없이 뻗어나
가는 광경 같지 않아?

"그는 완결된 O의 운명에서 빠져나왔어요. 아름
다운 자유의 곡선을 그리며 이 세상에서 해방됐죠.
그는 드디어 소망하던 Q가 된 거라고요. 그러니까
괜찮아요. 저 주검은 고깃덩이에 지나지 않아요. 그
러니까 여기 놔둬요."

실은 떠나고 싶지 않았어. 당장이라도 &의 몸을
끌어안고 손과 살결을 만지고 싶었지. 하지만 차가
워진 그를 느끼면 두 번 다시 일어서지 못할 거야.

"이만 가죠, T. 빨리요."

&는 먼저 갔어. Q라는 새로운 궁극의 세상으로.
여기서 슬픔에 젖어 뒤처질 수는 없어. 그를 뒤쫓아
야 해.

내가 거듭 재촉하자 T는 마음을 정했는지 고개를
끄덕였어.

"……알았어. 네가 상관없다면야."

우리는 아기를 데리고 시장의 무의미한 영예로 장
식된 복도를 빠져나왔지. 재빨리 차에 올라탔어. T
는 기력이 다한 것처럼 운전대에 이마를 대고 힘없

이 중얼거렸어.

"아아, 어머니. 나 아버지를 죽였어. 왜 이런 꼴을 당해야 하지. 대체 내가 뭘 어쨌다고?"

혼란에 빠져 머리를 세차게 흔든 탓에 T의 머리카락이 헝클어졌어.

"당신은 아무 잘못도 없어요, T."

"말만 번지르르한 위로는 필요 없어."

"사실을 말한 것뿐이에요."

T는 고개를 들어 룸미러로 나를 봤어.

"이 세상은 다름 아닌 당신이 지금 맛보는 잔혹함으로 이루어져 있어요. 자, 출발해요. 저도, 당신도, 이 아기도 이 잔혹한 세상을 살아가야 해요. 갑시다."

내 말에 T는 겨우 마음을 다잡았는지 등을 쭉 펴고 크게 심호흡했어. 겁먹은 듯 흔들리던 눈이 침착해졌지. T는 앞을 똑바로 보고 가속페달을 세게 밟았어. 차는 아무 일도 없었다는 듯 시장의 집을 벗어나 달려갔어.

나와 T는 시내에서 필요한 물건을 구입해서 최대한 많이 차에 실었어. 학교에 들러 이름 없는 내 친구의 그림도 전부 실었지. 시장의 아내에게 빼앗은 아기는 계속 칭얼거렸지만, 어째선지 그림을 보자 얌전해졌어.

"그림을 좋아하니?"

물어봐도 아기는 내 친구의 그림만 가만히 응시 하더군. 그림에 푹 빠진 모습을 보고 있자니, 상황이 이런데도 마음이 편안해졌어.

"옳지, 네 이름을 정했어. 넌 A야. A가 좋겠어."

"준비 다 됐어, Q. 경찰이 난리 치기 전에 여기를 뜨자."

"마지막으로 엔디어 씨 부부에게 편지를 남겨도 될까요?"

"알았어. 최대한 빨리 해."

친애하는 엔디어 씨 부부께

던, 디나. 사정이 생겨서 이 도시를 떠나게 됐어요. 정말 죄송해요. 두 분과 보낸 날들은 제 인생에서 가장 따스한 시간이었어요. 두 분은 제 진짜 아버지와 어머니세요. 지금까지 고마웠습니다. 안녕히 계세요.

두 분의 아들 Q

난 편지를 T의 책상에 놔뒀어. 누군가 보고 전해 주겠지. 에덴에 대해 아무 말도 할 수 없어서 마음이 아프더군. 그들의 아들은 바로 곁에 있었어. 손을 뻗으면 닿을 만한 곳에 있었는데. 하지만 진실을 알려서 그들에게 고통을 안긴들 무슨 의미가 있을까? 에덴은 두 번 죽었어. 그의 부모님이 희망을 버리고 나를 양자로 들였을 때. 스스로 독을 먹고 숨을 거두었을 때. 그리고 또 한 번 죽겠지. 바로 내가 죽을 때야. 난 호주머니에서 그림 조각을 꺼내 움켜쥐고 기도하듯 중얼거렸어.

"&, 그 무엇보다 소중한 나의 &. 그 누구보다 널 사랑해. 꼭, 꼭 만나러 갈게. 약속이야. 부디 기다려 줘."

손을 펼쳤어. 그림 속 눈동자, 그가 모든 걸 지켜보고 있어. 내 친구가 지금까지 걸어온 길을, 그리고 앞으로 내가 나아갈 길을. 두 &의 결말을, Q에 도달하려는 우리의 극의를 이 눈이 지켜본다고 믿었어.

─이야기가 너무 길어졌네. 지금 여기에 적은 내용이 내 대답이야.

Q. 당신은 누구?

A. 난 9이자 Q이자 &야.

이미 해는 졌다. 주변이 어둠에 감싸여 가로등이
켜졌다. 두 경찰관은 아무 대화도 없이 Q가 다다를
운명에 대해 생각했다.

Q. 세상에 사랑은 존재하는가?

A. ?

안녕하세요. 저는 A라고 해요. 노트를 읽었다면 제 내력을 아시겠죠. Q와 T는 저를 데리고 국경을 넘어 계속 달렸어요. 끝까지 셋이서 여행한 건 아니고요. T는 제가 아직 어렸을 적에 절벽에서 뛰어내렸거든요.

기억 속의 T는 늘 창백한 얼굴이었어요. 어느 밤에 제가 뒷좌석에서 잠을 청할 때 조수석의 T가 Q에게 중얼거린 게 기억나네요.

길이라도 제가 성장하는 모습을 보며 기뻐했 제가 뭔가 할 때마다 반드시 미소를 지으며 다. 또 하나 배웠구나" 하고 머리를 쓰다듬어 요. 최고로 행복한 순간이었죠.

Q의 친구인 &와 이야기해본 적도, 그가 그렸 자화상'을 본 적도 없어요. 전 그가 남긴 수많 그러진 그림과 함께 성장했죠. 그 때문인지 & 와 함께 바로 곁에서 저를 지켜본 듯한 기분이 요. &의 그림을 보면 그가 세상에서 얼마나 거 했는지 똑똑히 알 수 있어요.

벽한 세상이 눈앞에 펼쳐져 있는데, 자신이 있 곳은 그 어디에도 없다. 그 마음이 투영된 '자화 을 완성했을 때 &가 맛본 고독과 절망을 제가 어 가늠할 수 있을까요. Q 혼자 그걸 알아차리고 & 고독을 마음으로 감지했어요. Q는 분노와 증오 몸을 맡기고 &가 그린 '자화상'을 찢어버렸죠. 왜 랬는지 저는 알아요. 설령 아무리 아름다울지라도 가 머물 곳이 없다면 그딴 세상은 Q에게 아무 가 치도 없었던 거예요.

이 노트를 쓰기 시작한 날이 지금도 기억나네요.

"난 죽이고 싶을 만큼 아버지가 미웠어."

"알아요."

"그리고 죽였지."

"저랑 함께."

긴 침묵이 흘렀어요. 저는 깨어 있다는 걸 들키지 않으려고 숨을 죽였죠. 이윽고 T가 느릿느릿 말을 꺼냈어요.

"그날부터 가슴에 구멍이 뚫렸지. 드디어 그 정체가 뭔지 알아냈어."

T의 목소리는 떨렸던 것 같아요.

"정말로 죽여버리면 더 이상 아버지를 미워할 수가 없잖아. 상실된 증오는 소중한 내 일부였어. 난 겁쟁이라 증오를 표출하는 게 아버지를 접하는 유일한 방법이었거든. 그를 죽인 날부터 증오가 조금씩 사라지더니 지금은 아무 느낌도 안 들어."

Q는 아무 대꾸 없이 묵묵히 T의 말을 기다렸어요.

"답을 너무 늦게 찾았어. 아니, 도피하며 스스로에게 물어보지 않은 거지."

마지막에 T는 뭔가 깨달은 것처럼 부드럽게 미소 지었어요.

"난 아버지를 사랑했어."

T는 그다음 날 몸을 던졌 가지 않아 Q에게 물었어요.

"T는 왜 안 돌아와?"

"깨달았거든."

"뭘?"

"이 세상에 사랑하는 것이 하 사실을."

어렸던 저는 그저 고개만 갸웃 아요. &의 '자화상'과 아버지에게 가지가 T의 사랑과 표리일체의 관 께 저를 데려간 그날, T는 &와 '자화 기 손으로 아버지를 죽였어요. T의 있던 작은 사랑의 불길은 조금씩 타올 결국은 바람에 휩쓸려 사라진 거예요.

T가 사라졌지만 Q는 이미 운전하는 였어요. 그 후로 지금까지 우리는 둘이서 왔죠.

Q. 저를 키워주고 제일 사랑해준 사람. 와 나이프 다루는 법과 안전벨트 매는 법

Q가 왜 저를 그렇게 아끼는지 궁금해서 물어봤어요.

"왜 날 안 죽였어?"

"글쎄다, 어째서일까?"

Q는 부드럽게 웃었어요.

"분명 &와 똑같이 살다 똑같이 죽고 싶은 걸 거야."

Q는 저 말고 어딘가 먼 곳을 바라봤어요.

"&는 죽었어. 동시에 그는 내 마음속에서 영원해졌지."

"영원?"

"&가 그랬어. 죽음은 순간이 아니라 영원이라고. 너와 나는 생명을 가지고 여기에 있어. 그렇지?"

Q는 자신과 제 가슴을 가리키며 말했죠.

"우리와는 다른 형태로 &도 여기에 있어."

제가 고개를 갸웃하자 Q는 말을 이었어요.

"사람들은 끊임없이 이 세상을 떠나. 하지만 다른 누군가가 그 사람을 기억해. 옛날부터 그래왔고 앞으로도 그렇겠지. 우리는 홀로 완성될 수 없어. 남의 힘을 빌려야 해."

Q는 제 눈을 똑바로 들여다봤어요.

"혹시 허락해준다면 네 힘을 빌리고 싶구나."

Q가 그렇게 말하자 어찌나 행복하던지.

"알았어. 내가 힘이 되어줄게."

"다행이군. 실은 선물이 있어. 부디 받아주렴."

Q는 제게 질 좋은 노트 한 권을 내밀었어요.

"내가 어렸을 적 성당에 살 때 선물로 받아 일기를
썼던 것과 같은 노트야. 이번에는 너와 함께 써보고
싶어."

"그 일기의 끝에 Q의 소원이 있는 거구나."

"내 소원을 들어줄래?"

"물론이지, 난 당신을 사랑하니까."

"고마워."

Q는 웃음 지으며 제 머리를 가만히 쓰다듬었어요.

저는 Q를 죽였어요. 그와 나눈 약속을 지키기 위해.

Q는 결코 목숨을 잃는 걸 두려워하지 않았어요.
이 세상을 떠남으로써 지금도 기억 속에 살아 있는
&가 죽을까 봐 두려워했죠. &의 진정한 모습을 아
는 사람은 이 세상에 Q 하나뿐이거든요. Q는 이름

도 없는 자신의 친구가 이 세상에 분명히 존재했었다는 사실이 절대 사라지지 않도록, 오로지 그 하나만을 위해 지금까지 살아온 거예요.

노트가 완성된 지금, 그가 삶을 이어가야 할 이유는 어디에도 없죠. &는 기억 속에서 불멸할 테니까.

저는 칼을 쥐고 Q의 가슴을 찔렀어요. 세상에서 해방되는 순간 Q가 지은 행복한 표정은 평생 잊을 수 없겠죠. &가 Q 안에 살아 있는 것처럼, Q도 제 안에 살아 있어요. 저는 사랑하는 두 사람을 가슴에 품고 마지막까지 살아가고 싶어요. 그게 제가 태어난 이유라고 믿으니까요.

이 장의 답만 적고 노트는 남겨두고 갈게요. 하지만 기록된 역사는, 둘도 없이 소중한 나날은, 마음속에 새겨져 결코 빛바래지 않을 거예요.

마지막 Q&A에 맹세합니다. Q와 &는 언제까지나 A와 함께 있음을.

Q. 세상에 사랑은 존재하는가?

A. 이제 세상에 사랑은 없다. 그것은 내 안에만 존재한다.

Q&A가

노트는 거기서 끝났다. 마지막 페이지를 넘기자 종잇조각이 끼워져 있었다. 뒤집자 Q, &, A 세 사람의 모든 것을 지켜보았을 금발 소년의 눈동자가 두 독자를 빤히 쳐다보았다.

"경감님, 서에 도착했습니다."

"······그래."

"······이 노트, 어떻게 하실 건가요?"

"내가 결정해도 되겠나?"

"네, 경감님께 맡기겠습니다."

"좋아. 그렇다면."

두 사람이 차에서 내렸을 때 어디선가 한 노인이 나타나 손을 흔들었다.

"아, K 경감님과 G 과장님. 현장에서 돌아오는 길이세요? 고생 많으셨습니다."

"아, C 씨. 안녕하세요. C 씨야말로 청소하느라 고생이 많으십니다. 늘 감사해요."

"별말씀을. 시민의 평화를 수호하는 여러분이 기분 좋게 일하실 수만 있다면야 그 정도는 고생도 아니죠. 지금 저쪽 드럼통에 종이며 담배꽁초 같은 쓰레기를 태우고 있어요. 두 분도 필요 없는 물건이 있으면 주십시오."

두 사람은 서로 마주 보았다. 그들은 더 이상 말이 필요 없음을 깨달았다.

"……그럼 이걸 태워주십시오."

"뭔가요? 노트? 일기입니까?"

"네. 실은 제가 유학 시절에 그 나라 말로 쓴 겁니다."

C는 몸을 뒤로 젖히며 놀랐다.

"어, 그럼 경감님의 추억이 담긴 물건이잖습니까? 이런 걸 태우다니요."

"에이, 척하면 아셔야죠. 그러니까 곁에 놔두기도 창피한 추억입니다. 꼭 태워주십시오."

"아아, 그렇군요. 저도 이 나이를 먹도록 젊은 시절의 과오 때문에 가위에 눌려 잠을 설치고는 한답니다. 그렇다면 경감님의 평온한 삶을 위해 이 꺼림칙한 과거는 제가 책임지고 처분하겠습니다."

"감사합니다."

"그런데 표지에 튄 이 빨간 건 뭔가요? 설마 피는

아니겠죠?"

"무슨 말씀을. 당시 유화에 푹 빠져 있었거든요. 설레발만 치고 실력은 없었지만요. 일기에 실수로 빨간 물감을 쏟은 게 그 증거입니다."

"혹시 그 그림도 태워드릴까요?"

"버린 지 한참 됐어요."

"그거 걸작이로군요!"

세 사람은 얼굴을 마주 보며 웃었다.

"그럼 공양하도록 하겠습니다."

청소부 C는 불이 타오르는 드럼통에 노트를 최대한 정중하게 넣었다.

"이로써 끝이군. 내가 잘못된 선택을 한 걸까, G?"

"아니요. 전 그렇게 생각 안 합니다."

"그럼 됐어."

불이 소리 내어 종이를 삼키자 연기가 하늘 높이 피어올랐다. 별이 희미하게 반짝이는 황혼 녘 하늘을 올려다보며 K는 조용히 웃었다.

"이게 우리 대답이야. 만족스럽나?"

노트는 재가 되어 흔적도 없이 사라졌다. 이로써 A의 행방을 아는 사람은 이제 아무도 없다.

옮긴이의 말

책을 고를 때 사람들은 무엇을 선택 기준으로 삼을까? 장르, 제목, 작가, 수상 이력 등등…… 개인의 취향에 따라 조금씩 차이는 있겠지만, 아무래도 낯익은 정보가 많아야 선뜻 집어 들 수 있을 것이다. 그런 점에서 낯선 작가의 작품임에도 이 책을 선택해준 독자 여러분에게 먼저 고마움을 전한다.

고바야시 히로키는 1994년생으로 상당히 젊다는 걸 제외하면 프로필이 거의 알려져 있지 않은 작가다. 『Q&A』로 인터넷 소설 사이트 '픽시브문예'와 출판사 겐토샤, 민영방송 TV아사히가 공동 개최한 소설 콘테스트에서 대상을 받으며 데뷔한 그는,

이 작품이 심사 위원들로부터 "세계의 부조리와 인간 본연의 모습에 대한 호소가 짙게 묻어나는 작품"이라 호평을 받은 데 이어 드라마로 제작, 방영되면서 평단을 넘어 대중적으로도 큰 주목을 받았다. 그럼 『Q&A』는 어떤 소설인가?

　폐허로 변한 교외 연립주택에서 한 남자의 시체가 발견된다. 정면에서 심장에 칼을 맞고 사망한 피해자. 그런데 이상하게도 저항한 흔적이 전혀 없다. 이상한 점은 또 있다. 죽은 남자의 얼굴이 아주 평온하고 행복해 보인다는 것이다. 현장에 피해자의 신원을 알 수 있는 단서는 없지만, 범인이 일부러 두고 간 듯한 노트가 시체 옆에 놓여 있다. 형사 K와 감식관 G는 이러한 상황에 알 수 없는 위화감을 느끼고 범인의 행적을 파헤치기 위해 노트를 읽어나간다. 'Q&A'라는 제목이 붙은 노트는 다음과 같이 시작된다.

　Q. 세상은 무엇으로 구성되어 있는가?
　A. ?

『Q&A』의 도입부는 상당히 인상적이다. 인터넷 소설 사이트에서 상을 수상한 작품이니 가볍고 발칙한 미스터리 소설이 아닐까 싶은데, 이야기를 조금만 읽다 보면 그러한 인상은 금세 사라진다. 기이한 살인 사건과 이를 쫓는 형사를 등장시켜 미스터리처럼 시작하지만, 미스터리라면 정답이 있어야 한다. 하지만 이 소설에 그려진 삶과 죽음의 이야기에 정답은 없다. 책을 읽고 나면 누구라도 복잡한 감정을 느끼며 자기 나름의 해석을 내리지 않을까. 그런 의미에서는 철학적이기도 하다. 얇은 책이지만 안에 담긴 내용은 결코 얄팍하지 않다. 개인적으로는 번역하는 내내 작가의 차기작을 기대하게 만든 소설이었다. 여러분에게도 이 책이 신선하고 즐거운 독서 경험을 선사한 작품이었기를 바란다.

김은모

옮긴이 김은모

경북대학교 행정학과를 졸업했다. 일본어를 공부하던 도중 일본 미스터리의 깊은 바다에 빠져들어 헤어나지 못하고 있다. 아직 국내에 알려지지 않은 다양한 작가의 작품을 소개하고자 노력하고 있다. 옮긴 책으로는 아시베 다쿠의 『기담을 파는 가게』『악보와 여행하는 남자』, 이사카 고타로의 『화이트 래빗』, 야쿠마루 가쿠의 『우죄』, 고바야시 야스미의 『앨리스 죽이기』『클라라 죽이기』『도로시 죽이기』, 누쿠이 도쿠로의 『미소 짓는 사람』『프리즘』을 비롯하여, 미쓰다 신조의 '작가' 시리즈, 아비코 다케마루의 '하야미 삼남매' 시리즈, 『검찰 측 죄인』『달과 게』 등이 있다.

Q
&
A

지은이 고바야시 히로키
옮긴이 김은모
펴낸이 김영정

초판 1쇄 펴낸날 2019년 6월 26일

펴낸곳 (주)현대문학
등록번호 제1-452호
주소 06532 서울시 서초구 신반포로 321(잠원동, 미래엔)
전화 02-2017-0280
팩스 02-516-5433
홈페이지 www.hdmh.co.kr

ⓒ 2019, 현대문학

ISBN 978-89-7275-992-8 03830

* 책값은 뒤표지에 있습니다.
* 이 도서의 국립중앙도서관 출판예정도서목록(CIP)은 서지정보유통지원시스템 홈페이지(http://seoji.nl.go.kr)와 국가자료종합목록 구축시스템(http://kolis-net.nl.go.kr)에서 이용하실 수 있습니다.
  (CIP제어번호 : CIP2019023189)